Kugeln statt Blumen

Simon Flöther

COPYRIGHT UND NUTZUNGSHINWEISE

Alle Rechte, auch die der Übersetzung, des Nachdrucks und der Vervielfältigung des Buches oder von Teilen daraus, bleiben vorbehalten.
Vervielfältigung, Verbreitung, Übersetzung oder sonstige Reproduktion, Aufführung oder kommerzielle Nutzung des Buches oder von Teilen des Buches ist – auch für Zwecke der Unterrichtsgestaltung – ohne vorherige schriftliche Genehmigung der KRIMI*total* GmbH nicht erlaubt.

Alle Personen und die Handlung des Buches sind frei erfunden. Jede Ähnlichkeit mit lebenden oder verstorbenen Personen, mit Namen oder Plätzen wäre rein zufällig.

© 2011 KRIMI*total* GmbH

IMPRESSUM

Simon Flöther, KRIMI*total* – Kugeln statt Blumen
© KRIMI*total* GmbH, Löbtauer Str. 71, 01159 Dresden, Deutschland
www.krimitotal.de

2. Auflage, Januar 2019
Erstveröffentlichung, Dresden, September 2011
Schriftart: HansHand2 © Hans J. Zinken
Druck: Elbtal Druck & Kartonagen GmbH, 01159 Dresden, Deutschland

ISBN 978-3-943428-00-1

INHALT

Wie dieses Buch zu lesen ist	S. 7
PROLOG – Von einer, die auszog, Geburtstag zu feiern	S. 11
Die Anwesenden	S. 16
ERSTES KAPITEL – Ein Aquarell und drei Kohlezeichnungen	S. 23
Übersicht Spurensicherung und Verhöre	S. 33
ZWEITES KAPITEL – Aus dem Leben einer Leiche	S. 53
Übersicht Spurensicherung und Verhöre	S. 61
DRITTES KAPITEL – Folgenschwere Telefonate	S. 81
Übersicht Spurensicherung und Verhöre	S. 88
VIERTES KAPITEL – Je später der Abend ...	S. 109
Übersicht Spurensicherung und Verhöre	S. 115
FÜNFTES KAPITEL – Tote reden doch	S. 135
Übersicht Spurensicherung und Verhöre	S. 139
SCHRIFTSTÜCKE	S. 159
FINGERZEIGE	S. 169
DEN FALL ABSCHLIESSEN	S. 177
Die Fragen zum Fall	S. 178
LÖSUNG UND AUSWERTUNG	S. 181
Die Lösung des Falls	S. 182
Die Auflösung der Fragen zum Fall	S. 192
Die Auswertung der Punkte	S. 194
UMSCHLAGSEITEN	
Gelesene Textpassagen	S. III
Lageplan (Außenbereich, Garten der Villa)	S. II
Grundriss Untergeschoss	S. IV
Grundriss Erdgeschoss	S. V
Grundriss Obergeschoss	S. VI

WIE DIESES BUCH ZU LESEN IST

„Kugeln statt Blumen" ist eine Kriminalgeschichte, in der Sie selbst die Ermittlungen leiten. In der Person der Clara Neufeld bestimmen Sie über die Abfolge der Nachforschungen, verhören Verdächtige, untersuchen den Tatort und die Villa Dossberg. Deshalb lesen Sie dieses Buch auch nicht wie einen üblichen Roman von der ersten bis zur letzten Seite. Sie entscheiden innerhalb der Kapitel selbst, welche Textpassagen Sie lesen, um den Fall zu lösen. Folgen Sie Ihrem kriminalistischen Spürsinn und lassen Sie sich nicht auf eine falsche Fährte locken.
Um diesem besonderen Lesevergnügen Rechnung zu tragen, gibt es einige Regeln zu beachten.

DER PROLOG
Zunächst wird die Ausgangssituation der Geschichte geschildert. Sie lernen den Ort des Geschehens, die Villa Dossberg, und die anwesenden Personen kennen. Auf diese Angaben können Sie selbstverständlich zu jeder Zeit zurückgreifen.

DIE KAPITEL – ERMITTLUNGEN DURCHFÜHREN
Lesen Sie den jeweiligen Kapiteltext und beginnen Sie anschließend mit Ihren Ermittlungen:
Im Teil **Spurensicherung** dürfen Sie sich aussuchen, welche Räume der Villa Sie einer näheren Inspektion unterziehen möchten. Schlagen Sie unter dem entsprechenden Abschnitt nach, um Hinweise zu erhalten.
Die **Verhöre** sind Texte, die sich mit den einzelnen Personen in der Villa näher befassen. Überlegen Sie sich, welche Personen Ihnen am ehesten weiterhelfen können und schlagen Sie die entsprechenden Textpassagen nach.
Am Ende jedes Kapiteltextes finden Sie eine **Übersicht** aller Räume und Personen zur einfacheren Auswahl. Die Reihenfolge und die Anzahl der Texte, die Sie während Ihrer Nachforschungen in den Teilen Spurensicherung und Verhöre lesen, bleibt ganz Ihnen überlassen. Entscheiden Sie immer aufgrund Ihres aktuellen Ermittlungsstandes.
Bei aller Bewegungsfreiheit halten Sie sich aber an eine Regel: Alle gelesenen Passagen müssen Sie notieren. Dazu dient die Seite **Gelesene Textpassagen** (Umschlagseite III). Am Ende des Buches gibt die,

möglichst geringe, Anzahl der in Anspruch genommenen Hinweise Aufschluss über Ihr detektivisches Können.

SCHRIFTSTÜCKE

Während Ihrer Ermittlungen werden Sie des Öfteren auf Dokumente stoßen, die Ihnen bei der Lösung des Falls behilflich sein werden. Solche Beweismittel sind im Abschnitt Schriftstücke abgebildet und können dort eingesehen werden, wenn Sie im Text dazu aufgefordert werden. Diese Abbildungen sind nummeriert, damit es nicht zu Verwechslungen kommen kann. Vermerken Sie die Abbildungen in den Gelesenen Textpassagen.

FINGERZEIGE

Die Fingerzeige sind vor allem für diejenigen gedacht, die kleine Hilfestellungen für ihre Ermittlungen benötigen. Für jedes Kapitel gibt es eine kurze Textpassage, die kleine Tipps gibt und so die Ermittlungen wieder in die richtige Richtung lenkt. Notieren Sie jeden in Anspruch genommenen Fingerzeig auf der Seite Gelesene Textpassagen.

DEN FALL ABSCHLIESSEN

Nachdem das fünfte Kapitel und die dazugehörigen Ermittlungen abgeschlossen sind, beantworten Sie **Die Fragen zum Fall**. Dabei werden Sie sicher das eine oder andere Indiz aus einem anderen Blickwinkel betrachten. Es ist natürlich erlaubt, auf Ihre Ermittlungsergebnisse aus allen Kapiteln jederzeit zurückzugreifen. Anhand Ihrer Notizen auf der Seite Gelesene Textpassagen finden Sie alle bereits gelesenen Textabschnitte schnell wieder.
Haben Sie das Gefühl, Ihnen fehlen noch entscheidende Informationen, können Sie auch weitere Räume untersuchen, Verhöre führen oder weitere Fingerzeige zu Rate ziehen. Denken Sie daran, diese zusätzlichen Hinweise ebenfalls in den Gelesenen Textpassagen zu notieren.
Es gibt außerdem die Möglichkeit, Ihre Antworten auf die Fragen im Internet zu überprüfen. Unter

www.krimitotal.de/kugeln_statt_blumen/

finden Sie ein Formular, in das Sie Ihre Antworten eingeben können. Dann sehen Sie, ob Sie richtig oder falsch liegen, ohne etwas über die Lösung zu erfahren.

Erst wenn Sie alle Fragen schriftlich beantwortet haben, wenden Sie sich der Lösung des Falls zu.

LÖSUNG UND AUSWERTUNG

Wenn Sie Ihre Nachforschungen abgeschlossen und alle Fragen beantwortet haben, lesen Sie **Die Lösung des Falls**. Nun erfahren Sie alles über die Zusammenhänge der Indizien und den Hintergrund des Verbrechens.

Anschließend überprüfen Sie Ihre Antworten. Anhand der richtig beantworteten Fragen und der durchgeführten Ermittlungsschritte bestimmen Sie, wie im Abschnitt **Die Auswertung der Punkte** beschrieben, Ihre persönliche Ermittler-Punktzahl. Nun können Sie nachlesen, wie es um Ihr detektivisches Können bestellt ist.

Damit Sie den gesamten Regelteil nicht von Beginn an im Kopf haben müssen, werden Sie an den entsprechenden Stellen immer wieder auf Ihre Möglichkeiten hingewiesen. Solche Regeltexte sind stets *kursiv* gedruckt.

VARIANTE: DEN KRIMINALFALL MIT FREUNDEN LÖSEN

Sie können die kriminellen Machenschaften natürlich nicht nur allein, sondern auch in einer Gruppe aufdecken. Lesen Sie dazu die jeweiligen Kapiteltexte laut vor. Nun können Sie in der Gruppe diskutieren, welche Räume der Villa Sie untersuchen und welche Personen Sie verhören möchten. Lesen Sie auch diese Passagen laut vor und notieren Sie die Abschnitte in den Gelesenen Textpassagen. Die Regeln **Wie dieses Buch zu lesen ist** gelten auch für das Spiel in der Gruppe.

Doch nun genug der Vorrede: Stürzen Sie sich in die Geschehnisse, die die Villa Dossberg in den nächsten Stunden in Atem halten werden.

Prolog

VON EINER, DIE AUSZOG, GEBURTSTAG ZU FEIERN

VON EINER, DIE AUSZOG, GEBURTSTAG ZU FEIERN

„Steigen Sie an der nächsten Station aus, Frau Neufeld?" Die alte Dame, die mir im Abteil des Zuges von Lüneburg nach Hamburg Hauptbahnhof gegenübersitzt, ist höflich und freundlich, für meinen Geschmack aber auch eine Idee zu mitteilungsbedürftig. In den letzten 40 Minuten habe ich einen erschöpfenden Bericht über Denkmalschutz, einen Exkurs in die Welt der Orchideenzüchtung und kleine Anekdoten aus dem Leben des umstrittenen Heidedichters Hermann Löns über mich ergehen lassen. Doch die in altrosafarbene Strickware gekleidete Mittsiebzigerin wird nicht müde, meinen Horizont zu erweitern. Nachdem ich ihre Frage bejaht habe, beginnt sie von den Vorzügen ihres Ziels, des Hamburger Dammtorbahnhofes, zu erzählen, der, wie sie mir mit einem verschwörerischen Lächeln zuraunt, der schönste Bahnhof Deutschlands sei. Mein Aufmerksamkeitspotenzial ist allerdings derart erschöpft, dass ich mich nur mehr still zurücklehne und aus dem Fenster blicke: die gewaltigen Container am Hafen, das geschäftige Treiben, die blinkenden Lichter, die Ahnung von Weltstadt. Mein Urlaub an der französischen Atlantikküste in der vergangenen Woche hat mich darin bestätigt, irgendwann einmal in eine Hafenstadt zu ziehen. Wasser übt eine nahezu magische Anziehungskraft auf mich aus, es beruhigt die Seele. Deswegen habe ich mich auch nicht zufällig für die Küste entschieden, als sich die Frage nach einem Urlaubsort stellte. Ich brauchte Ruhe, musste der Enge meines gewohnten Umfeldes entfliehen, um wieder zu mir zu finden, um das Schreckliche endlich zu vergessen und den Mantel der Trauer abzulegen.
Die Erzählungen meiner Gesprächspartnerin sind wie Wellengeplätscher an einem windstillen Tag. Sie gehen im Gelärme einer Horde Halbstarker unter, die sich bereits erwartungsvoll auf dem engen Gang des Zuges drängt.
„Sind Sie gebürtige Hamburgerin?", beschließe ich den Redefluss von Frau Zimmermann, wie sie sich mir artig vorgestellt hat, zu unterbrechen. „Ja ja. Aus Barmbek. Nach dem Krieg bin ich mit meinem Mann dann aber nach Pöseldorf gezogen. Wir hatten Glück. Die Mieten waren noch nicht so hoch damals."
„Pöseldorf? Wie schön. Das ist auch mein Reiseziel."
„Sagen Sie bloß." Frau Zimmermann beugt sich nach vorn. „Darf ich

fragen, was Sie dort zu tun haben?"
„Ich bin zu einer Geburtstagsfeier eingeladen."

Liebe Clara! Zum Anlass meines

50. Geburtstages

gebe ich am 23. September einen kleinen Empfang.
Ich und meine Frau Eva würden uns freuen, wenn
wir auch Sie zu diesem Ereignis begrüßen dürfen.

Um Bestätigung des oben genannten Termins wird gebeten.

Friedrich Dossberg
Hamburg, 1. September 2003

Vor gut zwei Wochen hat mich die Einladung mit der Post erreicht. Der Brief stammt von Friedrich Dossberg, einem guten Bekannten, mit dem ich schon einige Male geschäftlich zu tun gehabt habe. Im Januar 1990 kam es zu den ersten Kontakten meiner Baustoff-Firma mit Friedrich Dossberg. Da es sich bei seinem Betrieb, der *Janssen & Dossberg Immobilien*, um einen Großkunden handelte, war ich als Leiterin meiner Lüneburger Firma selbst für die Verkaufsgespräche zuständig. Friedrich war zu dieser Zeit noch ein Mitarbeiter in der Firma seines Schwiegervaters.

Die Liebe zur modernen Kunst macht Friedrich Dossberg auch außerhalb des geschäftlichen Umfeldes zu einem angenehmen Gesprächspartner, führt er doch gerne inspirierende Diskurse über des Menschen nobelste Art der Kommunikation – die Kunst. So kam es, dass ich hin und wieder zu Gast bei den Vernissagen der von Dossberg unterstützten Künstler in der Villa war, und es ist gute Tradition geworden, dass es zu seinem Geburtstag immer eine kleine Ausstellung in der privaten Galerie gibt.

Da wir uns nun dem Hauptbahnhof auf Sichtweite genähert haben, greife ich noch einmal zum Schminkkästchen und überprüfe mein Make-up. Alles scheint perfekt. Jedenfalls perfekt genug. Auch die Hochsteckfrisur, die ich mir heute Mittag während einer elend langen Prozedur bei meinem Friseur habe machen lassen, hält. Was frau nicht alles in Kauf nimmt, um Eindruck zu schinden!
„Ach. Wer hat denn Geburtstag?" Die Neugier der alten Dame ist geweckt.
„Sagt Ihnen der Name Friedrich Dossberg etwas?"
„Natürlich. Immobilienkaufmann und Kunstsammler. Eine sehr angenehme Familie."
„Und Mäzen", füge ich der Vollständigkeit halber hinzu.
„Richtig", pflichtet Frau Zimmermann mir bei. „Ein ausgesprochen betriebsamer Mann. Ich selbst habe ja nicht so viel Ahnung von der modernen Kunst – das muss ich zugeben. Aber es ist doch wichtig, dass sich jemand um die jungen Künstler kümmert, damit wir in diesem Land überhaupt noch etwas Kultur erhalten können."
„Nächste Station Hamburg Hauptbahnhof", erschallt es, wie üblich unverständlich, aus dem Lautsprecher.
„Dann wünsche ich Ihnen noch eine gute Weiterfahrt." Ich streiche Rock und Jacke meines Kostüms glatt und greife meinen Mantel sowie den kleinen roten Lederkoffer, der mich nun schon viele (zu viele, wenn man ihn sich genau ansieht) Jahre auf meinen Kurzreisen begleitet.

Wagemutig schiebe ich die Tür des Abteils auf und betrete den Gang, in dem es nach einer Mischung aus lange ungekühltem Proviant und Bier riecht. Während ich die ersten Schritte den Gang hinuntergehe, ahne ich schon Übles. Und richtig. Bevor ich mich wieder in die Sicherheit des Abteils mit der mitteilsamen Frau Zimmermann retten kann, quetscht sich die Gruppe junger Leute an mir vorbei und malträtiert meine „Sitz- und Taxi-Schuhe". Missgelaunt blicke ich an mir herunter und beschließe im Stillen, meine nächste Bahnfahrt in Sicherheitsschuhen anzutreten. Als der letzte Rest der johlenden Schar auf dem Bahnsteig angekommen ist, wage auch ich einen Vorstoß in Richtung Ausgang.
Das Gedränge auf dem Bahnsteig, das Schieben und Geschobenwerden auf der Rolltreppe und die in entgegengesetzten Richtungen

verlaufenden Ströme der Reisenden auf dem Nordstieg sorgen dafür, dass die latente Müdigkeit, die mich auf Bahnreisen stets begleitet, übergangslos von mir abfällt. Ich bahne mir den Weg zum Taxistand in weniger als drei Minuten. Absoluter Rekord.

„Nach Pöseldorf", erkläre ich dem Fahrer, einem wortkargen Türken, mein Ziel.

Das Taxi quält sich durch die Innenstadt. Die Blechlawinen, die sich hier aus jeder Seitenstraße ergießen, bilden eine Choreografie ruckartiger Bewegungen, ein Stakkato anfahrender und abbremsender Motoren. Unsere Flucht vor dem lärmenden Stadtverkehr führt uns nach Norden. Bald sind die Straßen gesäumt von hohen Bäumen, die Fassaden der Häuser strahlen in frischem Weiß.

Obwohl meine soziale Stellung nicht wirklich der der Dossbergs entspricht, befinde ich mich doch gerne in ihrer Gesellschaft. Mein Mann Jens hat mich noch nie zu einem der privaten Treffen in Hamburg begleitet. Er schützt gerne Kopfschmerzen oder ein anderes körperliches Weh vor, nur um der Peinlichkeit eines möglichen Fauxpas auf dem glatten Parkett der Hamburger Society zu entgehen. Vielleicht langweilen ihn aber auch nur die Erzählungen vom Kunstmarkt. Wenn ich ehrlich bin, glaube ich an Letzteres.

Die Villa Dossberg ist ein Jugendstilbau in Pöseldorf – eine fürwahr noble Adresse. Das Gebäude verströmt das Fluidum vergangener Tage, in denen vornehme Zurückhaltung und ein aufgeschlossener Geist den Begriff des hanseatischen Understatements geprägt haben. Von einem hohen Zaun gegen die Hektik des geschäftigen Treibens auf den Straßen der Metropole geschützt, ist die Villa ein Bollwerk gegen die Untugenden der postmodernen Lebensart. Diese Gedanken mögen sich zumindest einem Betrachter aufdrängen, der für kurze Zeit in andächtiges Staunen verfällt.

Nachdem ich dem Fahrer ein angemessenes Trinkgeld gegeben habe, mache ich mich auf den Weg, die Auffahrt hinauf. Das Eingangsportal ist geöffnet und ich kann sehen, dass der Hausdiener Wilhelm Bagunde gerade zwei Gäste einlässt. Einen Mann und eine Frau, die ich allerdings nicht erkennen kann, weil sie mir den Rücken zudrehen.

DIE ANWESENDEN

FRIEDRICH DOSSBERG (50)
Gastgeber des heutigen Abends,
Immobilienkaufmann, Kunstsammler und Mäzen

Das Herz des 1953 in Hamburg geborenen Sohnes eines Dachdeckers schlug schon in Jugendjahren für die Kunst. Gegen die Widerstände seiner Familie besuchte er nach dem Abitur die Kunsthochschule in der Hansestadt, brach sein Studium jedoch 1975 wieder ab. Er selbst sprach nie über die Gründe, doch es ist vorstellbar, dass mangelndes Talent zu dem vorschnellen Ende seiner Künstlerlaufbahn führte.
Dennoch machte er sich bald einen Namen als Kritiker. Die während des Studiums geknüpften Kontakte reichten aus, um seinen Ruf zu mehren. Schon 1980 schrieb er für die Feuilletons diverser angesehener Zeitungen einige bemerkenswerte Kritiken und Berichte.
1989 änderte sich sein Leben dann grundlegend mit der Heirat in die Familie Janssen. Sein Schwiegervater August, der Gründer von *Janssen Immobilien*, einer Firma, die ihren Aufstieg im Nachkriegs-Deutschland durch das Realisieren von Bauprojekten im zerstörten Hamburg erlebt hatte, erkannte schon recht bald das kaufmännische Geschick in Friedrich und stellte ihn in seiner Firma an. Bereits 1992, als August Janssen sich aus dem aktiven Geschäftsleben zurückzog, wurde Friedrich zum Geschäftsführer. Er machte seine Sache gut und so kannte das Lob des Firmengründers keine Grenzen mehr. Dies war auch erkennbar, als der alte Janssen 1996 verstarb. Per Testament wurde Friedrich die Firma überschrieben.
Das in *Janssen & Dossberg Immobilien* umbenannte Unternehmen florierte in der jüngeren Vergangenheit durch die Investitionen in ausländische Bauprojekte, vor allem von Hotelketten an der französischen und spanischen Atlantikküste.
Neben seinen beruflichen Erfolgen ließ ihn aber die Kunst nie los. Während seiner Jahre als Sammler konnte er einige bedeutende Werke erstehen und als gutmütiger Mäzen war er für viele Erfolg versprechende junge Talente ein weiser Rat- und Geldgeber.
Im Jahr 2003 kam es Mitte September in einem fast fertig gebauten Hotel in Frankreich zu einem Brand, der das gesamte Vorhaben beendete

und ein tiefes Loch in die Kassen aller Investoren, einschließlich *Janssen & Dossberg*, riss.

EVA DOSSBERG (44)
Friedrichs Ehefrau,
begeisterte Kunstsammlerin und Malerin, Dame der Gesellschaft

Evas Vater war August Janssen, der Gründer von *Janssen Immobilien*, ihre Mutter Emilia kam aus einer Hamburger Handelsfamilie und gehörte in den fünfziger Jahren zur gehobenen Gesellschaft. Im Gegensatz zu ihrem Bruder Bertram Janssen kam Eva den Forderungen ihrer Eltern, ebenfalls eine kaufmännische Ausbildung zu machen, mit Freuden nach.
Statt aber nach der Ausbildung eine Anstellung in der Firma ihres Vaters anzutreten, begann sie 1983 mit einem Kunststudium in Hamburg, das sie 1987 ebenfalls erfolgreich beenden konnte. Seither widmet sie ihr Leben der Malerei. Im Januar 1989 lernte sie Friedrich Dossberg, einen jungen, aber erfolgreichen Kunstkritiker, kennen, den sie schon im August desselben Jahres heiratete.
1996 verlor Eva ihren Vater, dessen schwaches Herz ihm zum Verhängnis geworden war. Evas Mutter Emilia folgte ihrem Ehegatten bald darauf. Sie erlitt aus Gram über den Verlust ihres Mannes einen Schlaganfall und verstarb wenige Wochen später in einem Pflegeheim.
Vielen ihrer Bekannten gilt Eva als Inbegriff der tugendhaften und zurückhaltenden Hanseatin. Ihr Wesen ist beherrscht und ihre konservativen Ansichten machen es ihr bisweilen schwer, neue Kontakte zu knüpfen. Dafür war sie noch nie das Opfer der Klatschspalten.

BERTRAM JANSSEN (43)
Friedrichs Schwager,
erfolgloser Spross der Familie Janssen, Lebemann

Das zweite Kind der Janssens ist Bertram. Den Forderungen seiner Eltern, eine kaufmännische Ausbildung zu machen, kam er nur widerwillig nach. Seine Ausbildung zum Immobilienkaufmann konnte er 1986 mit bescheidenem Erfolg abschließen.
Bertrams Arbeitszeit begann in der Firma seines Vaters, und es schien,

als liefe alles so, wie seine Eltern sich den Lebensweg des jungen Bertram vorgestellt hatten: 1987 Leiter der Abteilung Innenausbau bei *Janssen Immobilien*, 1988 Heirat mit einer angesehenen Reeder-Tochter. Im selben Jahr wurde er Vater einer bezaubernden Tochter. 1991 war er jedoch schon wieder geschieden. Sein Vater verzieh ihm seinen nun beginnenden Lebenswandel nie. Bertram war kein Kind von Traurigkeit und galt als einer der Partykönige von Hamburg.

Es steht außer Frage, dass sein Vater sich bei der Wahl eines Nachfolgers von Bertrams Lebenswandel beeinflussen ließ, denn nicht Bertram, sondern Friedrich Dossberg, der Ehemann von Bertrams Schwester, wurde 1992 zum Geschäftsführer der Firma. Dossbergs Erfolge brachten diesem das Wohlwollen des alten Janssen ein und als August Janssen 1996 starb, vermachte er Dossberg die Firma.

Bertram verließ *Janssen & Dossberg* noch im selben Jahr und gründete sein eigenes Unternehmen: die *Ausbau-Systeme Janssen*. Die wirtschaftliche Situation machte es jedoch nötig, eng mit *Janssen & Dossberg* zusammenzuarbeiten: Bertrams Firma ist für den Innenausbau der von *Janssen & Dossberg* konzipierten Wohnhäuser zuständig.

Die meisten Menschen in Bertrams Umgebung halten ihn für einen glücklosen und geldgierigen Emporkömmling, der es nicht einmal geschafft hat, seinen Vater zu beerben. Vom Wesen her ist er eher skrupellos als mitfühlend.

JASMIN VON HOHENGARTEN (41)
Abteilungsleiterin bei Janssen & Dossberg,
Abkömmling eines alten Adelsgeschlechts

Jasmins Eltern gehörte ein kleines Tabakwarengeschäft in Westberlin. Nach dem Abitur studierte sie zunächst Betriebswirtschaft in Berlin, kam dann aber 1983 nach Hamburg und beendete hier das Studium 1985. Danach nahm sie mehrere Anstellungen in verschiedenen Immobilienfirmen an, bis sie ihr Weg 1990 schließlich zu *Janssen Immobilien* führte.

Als 1992 Friedrich Dossberg die Geschäftsführung des Unternehmens übernahm, war der Weg die Karriereleiter hinauf sehr einfach. Jasmin avancierte zur Leiterin der Abteilung Investitionsgeschäfte. Seither obliegt ihr die Koordination von Projekten, die *Janssen & Dossberg* mit

ausländischen Bauunternehmen gemeinsam realisiert.
Das „von" in ihrem Namen weist Jasmin als Abkömmling eines alten preußischen Adelsgeschlechts aus, was ihr immer viel bedeutet hat. Es ist nicht von der Hand zu weisen, dass sie eine gewisse aristokratische Arroganz an den Tag legt. Vielleicht ist sie deshalb oft das Opfer übler Nachrede und schlüpfriger Gerüchte.

PETER HEILANDT (44)
Kunstmaler,
zurückgezogen lebender Günstling von Friedrich Dossberg

Der in Hannover geborene Peter Heilandt entstammt einer Künstlerfamilie. Sein Vater war Bildhauer, seine Mutter Kunstmalerin. Mit musischer Frühförderung fing auch Peter Heilandts Lebensweg an und fand seinen vorläufigen Höhepunkt im Jahr 1985 mit dem erfolgreichen Abschluss des Kunststudiums in Hannover.
Sein Weg führte ihn dann 1986 nach Hamburg, wo er sich mit kleineren Auftragsarbeiten und Gelegenheitsjobs über Wasser halten konnte. Erst im März 2003 wurde sein Talent von Friedrich Dossberg erkannt und gewürdigt. Heilandt ist demnach die jüngste Entdeckung des Mäzens. Auf dem gesellschaftlichen Parkett bewegt Heilandt sich noch recht unsicher. Er ist der Typ Künstler, der sich von den Medien und dem Konsum zurückgezogen hat und in seiner eigenen Welt lebt.

DONATELLA VERUCINI (33)
Kunstmalerin,
temperamentvoller Star in Friedrichs Kreis

Die gebürtige Römerin entstammt der Verbindung des Kochs eines angesehenen Gourmettempels der italienischen Hauptstadt und einer Angestellten eines Museums für zeitgenössische Kunst. Auch Donatella ist der Umgang mit den schönen Künsten in ihrem Leben immer wichtig gewesen. Deshalb hat sie in ihrem Heimatland Kunst studiert, konnte aber von der Malerei nicht leben. Ein Zufall wollte es, dass sie auf einer Studienfahrt 1997 nach Hamburg den Mäzen Friedrich Dossberg kennenlernte. Bei einer Vernissage liefen die beiden sich über den Weg und kamen ins Gespräch. Als Donatella wieder in Italien war, schickte sie Fotos ihrer Werke nach Deutschland und Dossberg war begeistert. Er lud sie ein, eine Ausstellung in Hamburg zu machen.

Am 23. September 1999, am Geburtstag von Friedrich Dossberg, konnte die Römerin ihre Werke in der privaten Galerie der Villa Dossberg ausstellen. Das Publikum war erlesen und ihre Bilder fanden großes Lob. Kurz entschlossen zog sie im Mai 2000 vom sonnigen Rom ins trübe Hamburg. Der spontane Wechsel ihres Wohnortes war ein Segen für ihre Karriere. Seit sie in Deutschland wohnt, kann sie vom Verkauf ihrer Bilder leben, auch wenn Friedrich Dossberg seinen Pflichten als Mäzen – der Finanzierungshilfe – hin und wieder nachkommt.

Donatella Verucini gilt als zurückgezogen lebende Künstlerin mit einem Hang zu Staralllüren. Die Werke anderer Künstler betrachtet sie eher mit milder Arroganz als mit kollegialem Interesse.

KONRAD JACOBI (42)
Friedrichs lange verschollener Studienfreund

Konrad Jacobis Herkunft und sein Lebenswandel sind unbekannt. Er ist ein lange verschollener Freund von Friedrich Dossberg aus Studientagen und lebt in Heidelberg. Zum Jubiläum seines Freundes wollte er aber unbedingt nach Hamburg reisen. Aus geschäftlichen Gründen hat er keine Zeit, um den Festlichkeiten beizuwohnen und besucht seinen Freund deshalb bereits am Nachmittag.

Konrad Jacobi ist beileibe kein Mitglied der gehobenen Gesellschaft, und das merkt man ihm auch an. Zwar kann man ihn keinen Rüpel nennen, aber eine gewählte Ausdrucksweise ist ihm eher fremd.

WILHELM BAGUNDE (50)
Hausdiener der Dossbergs mit einem Faible für Blumen

Am 15. März 1995 trat der gebürtige Kölner seinen Dienst als Hausdiener in der Villa Dossberg an. Seine Ausbildung in einer Londoner Butlerschule und die extreme Hinwendung zum Dienen machen ihn zu einem Abziehbild seines Berufsstandes. Bevor er in die Villa seines derzeitigen Arbeitgebers kam, arbeitete er in verschiedenen Hamburger Haushalten und Klubs.

Es ist bekannt, dass Wilhelm einer der letzten Butler alter Schule ist, denn er sieht seinen Dienst weniger als Broterwerb sondern vielmehr als Berufung. Wilhelm hat erst ein einziges Mal während seiner Beschäftigungszeit Urlaub genommen, um vier Wochen in Barcelona auszuspannen.

SOPHIE MENZEL (34)
Haushälterin der Dossbergs, von kindlicher Schüchternheit

Gemeinsam mit Wilhelm Bagunde trat die zierliche Hamburgerin am 15. März 1995 ihren Dienst als Haushälterin in der Villa Dossberg an. Nach einer Ausbildung zur Buchhändlerin war sie lange Zeit arbeitslos und angewiesen auf jede sich ihr bietende Gelegenheit. Es war ein Glücksfall, dass sich keine ausgebildeten Hauswirtschafterinnen auf die Stelle in der Villa bewarben, sodass Sophie eine Anstellung bekam.
Zum Chauffeur Joseph Fisching unterhält die Haushälterin eine mehr als nur freundschaftliche Beziehung. Das ist unübersehbar im gemeinsamen Umgang der beiden.

JOSEPH FISCHING (38)
Chauffeur der Dossbergs, herzensgut und wenig eloquent

Am 1. November 2001 trat Joseph seinen Dienst als Chauffeur in der Villa Dossberg an. Seine Hamburger Anschrift lautet Eppendorfer Marktplatz; eine zwar nicht noble, aber immerhin repräsentative Adresse. Zuvor lebte er in Bremen, Rotenburg an der Wümme und Berlin, verprasste das beträchtliche Erbe seiner Eltern und schlug sich seitdem als Taxifahrer durch.
In Dossbergs Dienst fühlt sich Joseph ausgesprochen wohl, hat er hier doch auch Sophie Menzel kennengelernt, zu der sich erste zarte Liebesbande entwickeln.

CLARA NEUFELD (36)
Freundin der Familie,
Geschäftspartnerin von Janssen & Dossberg

Clara Neufeld ist die Person, die Sie durch die Geschichte führt. Nach ihrer kaufmännischen Ausbildung wagte sie den Sprung in die Selbstständigkeit als Leiterin einer Baustofffirma in Lüneburg, ihrem Geburtsort. Die bescheidene Karriere bekam einen gehörigen Schub seit der Zusammenarbeit mit *Janssen Immobilien*. Da die Hamburger Firma der einzige Großkunde von Clara Neufeld ist, versucht sie auch den privaten Kontakt zur Familie Dossberg zu halten und ist deshalb gerne zu Gast in der Villa. Auch die Gespräche über Kunst und Kultur sind ihr angenehm, fühlt sie sich doch im eher ruhigen Lüneburg abgeschnitten von den kulturellen Ereignissen der Hansestadt.

Nachdem Sie die anwesenden Personen kennengelernt haben, machen Sie sich mit den Örtlichkeiten der Villa (Umschlagseiten II, IV, V, VI) vertraut. Auf alle Informationen im Prolog können Sie natürlich zu jeder Zeit zurückgreifen.

Nun nimmt die Geschichte ihren Lauf. Beginnen Sie mit dem ersten Kapitel ***„Ein Aquarell und drei Kohlezeichnungen"*** *(Seite 23).*

Erstes Kapitel

EIN AQUARELL UND DREI KOHLEZEICHNUNGEN

EIN AQUARELL UND DREI KOHLEZEICHNUNGEN

Als ich auf die große Eingangstür der Villa zugehe, schlägt die Uhr in der Halle gerade sechsmal. Es ist 18.00 Uhr. Von den Stufen der Treppe aus blicke ich in die weiß gestrichene Halle, deren Ausmaße gewaltig sind – dies jedoch weniger wegen verschwenderischer Weite, sondern eher wegen der Deckenhöhe, die ich auf mindestens sechs Meter schätze. Der Boden ist mit Marmor oder zumindest einem Marmorimitat ausgelegt, die Decke ziert eine umlaufende Stuckarbeit, die ausschließlich aus Blumenelementen besteht. Links neben dem Eingang führt eine Treppe in die Dossbergschen Privatgemächer im Obergeschoss. Darunter liegt die in den Keller führende Treppe. Das dunkle Holz des Geländers hat schon vielen Generationen Halt und Stütze geboten.
Wilhelm Bagunde, der leicht ergraute Hausdiener der Dossbergs, nimmt mich freudig in Empfang. Er steht kerzengerade und mit durchgedrückten Knien am Eingangsportal, als gälte es, einem Regierungschef militärische Ehren zu erweisen. Da ich mittlerweile an diesen Anblick gewöhnt bin, bereitet er mir weniger Unbehagen als noch zu Zeiten meiner ersten Besuche. Ich bin dazu übergegangen, die Aufwartung des Hausdieners als Teil seiner Arbeit zu sehen und die verbindliche Freundlichkeit, die er dabei an den Tag legt, zu genießen.
„Frau Neufeld, schön, Sie wieder einmal begrüßen zu dürfen." Mit geübten Händen hilft Wilhelm mir aus dem Mantel. Dann greift er ihn am Kragen, glättet die Falten und angelt einen Kleiderbügel von der Garderobe. „Ich hoffe, Sie hatten eine angenehme Fahrt?" Jede Bewegung des Hausdieners ist zielgerichtet, präzise und auf eine demonstrative Weise unaufgeregt. Als der Mantel an der Garderobe hängt, lächelt Wilhelm mich an und weist mit ausgestreckter Hand in die Halle. Dabei macht er eine kaum wahrnehmbare Verbeugung.
„Ich denke, die Herrschaften sind sich noch bekannt?" Mit fragendem Blick deutet Wilhelm auf die beiden Gäste, die kurz vor mir eingetroffen sind und sich bereits im stillen Gespräch befinden. Jetzt erkenne ich Bertram Janssen, den Schwager des Gastgebers und Jasmin von Hohengarten, ihres Zeichens Abteilungsleiterin bei *Janssen & Dossberg*. Mit beiden habe ich nie viel zu tun gehabt. Bertram Janssens grobe Art und die aristokratische Hochnäsigkeit der Jasmin von Hohengarten widerstreben mir. Dennoch geben wir uns freundlich die Hände zur

Begrüßung.

„Sicher", sage ich. „Wie geht es Ihnen?"

„Frau Neufeld", erklingt die tiefe Stimme der Hohengarten ein bisschen zu überschwänglich. Die Akustik der Halle verstärkt den Alt der hochgewachsenen Frau. Fast könnte man meinen, dem ersten Aufzug einer Oper beizuwohnen. „Ist ja schon eine ganze Weile her." Dann mustert sie mich, während sie eine Packung Zigaretten aus ihrer Tasche zieht. Ich meine den Anflug von Abschätzigkeit in ihren Augen aufblitzen zu sehen. „Sie müssen mir unbedingt einmal Ihr schönes Lüneburg zeigen. Es ist so schade, dass ich so wenig Zeit habe, sonst würde ich gerne einmal die Provinz besuchen. Aber Sie kennen das sicherlich: Die Arbeit frisst einen geradezu auf." Während die Vertreterin des alten preußischen Adels mit den ellenbogenlangen Handschuhen ihre Zigarette in eine Zigarettenspitze steckt und anzündet, reckt sie das Kinn so weit nach vorn, dass die lange Perlenkette um ihren Hals schwunghaft hin und her schaukelt.

„Wem sagen Sie das." Mittlerweile habe ich gelernt, kleinen Seitenhieben adäquat zu begegnen. „Als selbstständige Unternehmerin weiß ich ziemlich genau, was Sie damit meinen." Unter anderem gehört zu meiner Arbeit eben auch der Smalltalk mit Zeitgenossen der unangenehmeren Art, was die Sache nicht gerade leichter macht. Doch diesen Gedanken lasse ich lieber unausgesprochen.

„Wieder ohne den Gatten unterwegs?" Bertram Janssen eröffnet die zweite Front im immerwährenden Krieg der Eitelkeiten mit einem Vorstoß auf meine zweite Schwachstelle. „Schade, ich hätte mich gerne mal mit einem Mann des Gesetzes unterhalten. Es muss doch eine sehr aufregende Angelegenheit sein, bei der Polizei zu arbeiten." Die stahlgrauen Augen meines Gegenübers beobachten jede meiner Regungen genau.

„Mein Mann lässt sich entschuldigen." Jedes Mal die gleichen Ausreden, denke ich. Aber was soll's. Ich muss in den sauren Apfel beißen. „Er ist derzeit unabkömmlich. Es ist nämlich vorrangig eine zeitaufwendige Angelegenheit, bei der Polizei zu arbeiten." Gerettet? Nun, jedenfalls scheinen meine Gesprächspartner zufrieden mit der Antwort zu sein.

„Überreden Sie ihn doch mal." Bertrams lidschlagloser Blick bleibt starr auf mein Gesicht gerichtet. „Dann kommt er mal raus aus seinem Büro."

Bevor ich etwas erwidern kann, zieht ein lang gezogenes, tiefes Gähnen die Aufmerksamkeit aller auf sich. Auf einem der Sessel, die in der Halle zu einer kleinen Sitzgruppe zusammengestellt sind, rappelt sich eine Gestalt auf, die zuvor so tief in das weiche Sitzmöbel gesunken war, dass ich sie nicht bemerkt habe. Auch Bertram und Jasmin scheinen den kleinen Mann im braunen Cord-Anzug, der sich jetzt zu uns umdreht, zuvor nicht gesehen zu haben. Ich blicke in ein von grauen Schläfen umrahmtes Gesicht mit dunklen Schatten unter müden Augen.
„Herr Jacobi", beeilt sich Wilhelm Bagunde den Unbekannten vorzustellen. Es ist unverkennbar, dass der Hausdiener von der Anwesenheit des müden Gastes wenig erfreut ist. „Soll ich Ihnen einen Kaffee bringen?"
Der Angesprochene reibt sich das verknitterte Gesicht und nickt, worauf Wilhelm in die Küche entschwindet. Anscheinend haben wir Herrn Jacobi bei unserer Ankunft aus einem Nickerchen gerissen. Den Anflug eines Gähnens unterdrückend, begrüßt er uns wortkarg.
„Konrad Jacobi, guten Abend." Anstatt sich aus dem Sessel zu erheben, zieht er es vor, das Shakehands im Sitzen zu vollziehen. Bertram und Jasmin übersehen dieses Benehmen geflissentlich.
„Sind Sie ein Freund von Friedrich?" Ich kann mich nicht erinnern, dass Herr Dossberg den Namen Jacobi jemals erwähnt hätte. Und ich habe ihn noch nie auf einer der Veranstaltungen gesehen, zu denen die Dossbergs mich eingeladen haben.
„Ja." Konrad Jacobis Stimme ist belegt. Er räuspert sich verlegen. „Wir haben gemeinsam studiert. Und wir haben uns lange nicht gesehen. Leider habe ich heute nicht viel Zeit. Ich sollte schon längst wieder unterwegs sein." Er blickt auf die Uhr, dann steht er auf und knöpft seine Anzugjacke zu. „Ich hatte den Pannendienst gerufen. Ist der denn noch nicht da?"
Die Tür zum Wohnzimmer öffnet sich und Sophie Menzel, die zierliche Haushälterin, tritt heraus. In der rechten Hand hält sie ein kleines silbernes Tablett.
„Guten Abend", haucht sie schüchtern, als sie mit gesenktem Blick an uns vorbeihuscht und an die Tür von Friedrich Dossbergs Arbeitszimmer klopft.
„Ach, der Wagen in der Auffahrt gehört Ihnen?" Die rauchige Stimme der Hohengarten trieft vor falschem Mitleid. „Ich hatte mich schon

gewundert."
Konrad Jacobi bekommt keine Chance zu antworten, denn plötzlich dringt ein markerschütternder Schrei aus dem Arbeitszimmer. Dann wird die Tür aufgestoßen und die kleine, schmale Gestalt der Haushälterin taumelt uns schreckensbleich und mit vor Panik geweiteten Augen entgegen. Unter höchster Kraftanstrengung, eine Ohnmacht abwendend, deutet sie mit ihrer zitternden Hand auf die Tür zum Arbeitszimmer. „Blut! Alles voller Blut!" Dann sinkt sie auf einen Sessel und das sanfte Vergessen einer Ohnmacht senkt sich über sie.
Einen Moment lang scheint die Zeit still zu stehen. Jasmin von Hohengarten ist die Erste, die sich aus ihrer Lethargie befreien kann.
„Kindchen, was ist denn mit Ihnen?" Alle Arroganz ist aus der Stimme der Aristokratin geschwunden. Sie scheint ehrlich besorgt zu sein. „Nun kommen Sie doch zu sich." Sie rüttelt Sophie Menzel an der Schulter, doch ihr Bemühen zeigt keine Wirkung.
Die Küchentür wird aufgerissen und der Chauffeur Joseph Fisching stürmt in die Halle, seinen Blick starr auf die Haushälterin gerichtet. Der Hüne mit dem gewaltigen blonden Schnauzbart stampft wie eine Dampflok auf den Sessel zu, auf dem Sophie Menzel in unnatürlicher Haltung ruht. Jasmin von Hohengarten weicht schnell vor der heranstürmenden Urgewalt zurück. Auch der Hausdiener Wilhelm Bagunde tritt nun aus der Küche, hält sich aber ein wenig abseits vom Geschehen.
„Sophie", ruft Joseph. „Sophie!" Er beugt sich über die Dahingesunkene, dringt aber nicht zu ihr durch. Fragend blickt er uns an und streichelt der Haushälterin dabei hilflos über den Rücken. „Was is' passiert?"
Auch die Tür zum Salon öffnet sich. Ein schlaksiger Mann von gut vierzig Jahren erscheint im Türrahmen. Unsicherheit und Verwirrung sind in das Gesicht mit den blassen Lippen und der hohen Stirn, die von den weit aufgerissenen Augen noch betont wird, geschrieben. Das muss Peter Heilandt sein, der Kunstmaler, von dem Friedrich mir bei unserem letzten Telefonat erzählt hat.
„Ich habe einen Schrei gehört", erklärt er überflüssigerweise.
Dann erhebt sich auch im Obergeschoss Tumult. Ich sehe Eva Dossberg, Friedrichs Ehefrau, am oberen Ende der Treppe stehen. Sie ist in einen mintgrünen Bademantel gehüllt und trägt einen Handtuchturban auf dem Kopf, der ihre wunderschönen schwarzen Haare verbirgt.

„Was ist hier los?" Die Stimme der Hausherrin ist laut und fest. Sie klingt nach einer Mischung aus Besorgnis und Verärgerung. Dann fällt ihr Blick auf die ohnmächtige Sophie Menzel. So schnell es ihre Garderobe zulässt, kommt Eva Dossberg die Treppe heruntergelaufen. Hinter ihr erscheint Donatella Verucini, die italienische Malerin, die wie immer in ein weites buntes Sommerkleid gewandet ist. Auch sie beeilt sich, die Stufen zum Erdgeschoss hinter sich zu bringen. Dabei klammert sie sich am Geländer fest. Sie humpelt. Scheinbar ist ihr linkes Bein nur begrenzt einsatzfähig. Mir war nicht bewusst, dass das Künstlerleben derart gefährlich sein und körperliche Beeinträchtigungen nach sich ziehen kann. Oder hat Donatella sich die Verletzung auf eine ganz andere Art zugezogen?
„Frau Menzel", bemerkt Wilhelm, der Hausdiener, und weist auf den Sessel, in dem Sophie mehr liegt als sitzt. „Sie hat geschrien."
Als Eva sich den Weg durch die Umstehenden gebahnt hat, blickt sie erst auf die ohnmächtige Haushälterin und dann in die Runde der Umstehenden. Sie mustert einen nach dem anderen, scheint aber nicht den zu finden, den sie sucht.
„Wo ist Friedrich?" Eva stellt die Frage in sehr sachlichem Tonfall, aber die Angst, die hinter den Worten lauert, ist für alle gut vernehmbar. Ein schrecklicher Verdacht bemächtigt sich meiner. Nein. Nein, nein, nein!

Mit klopfenden Herzen treten wir auf die Tür von Friedrich Dossbergs Arbeitszimmer zu. Im Inneren erwartet uns ein Anblick des Grauens: Zwischen den altafrikanischen Kunstschätzen und den dämonisch blickenden Masken an der Wand, die dem Raum eine ausgesprochen exotische Atmosphäre verleihen, ist unser Gastgeber auf dem Sessel hinter seinem Schreibtisch zusammengesunken. Beide Arme hängen schlaff über die Armlehnen, der Kopf ist auf die rechte Schulter gesunken, Gesicht und Oberkörper sind blutüberströmt. Allerdings kann ich keinen Hinweis entdecken, der erklären würde, wie und vor allem womit Friedrich Dossberg so zugerichtet worden ist.
„Friedrich!" Die schrille Stimme von Eva Dossberg durchbricht die schwer über der schauerlichen Szenerie lastende Stille. „Friedrich, Friedrich!"
Noch bevor Eva auf ihren Mann zustürzen kann, hält Bertram Janssen sie zurück. Sie will sich von ihm losreißen, aber er hält sie fest im Arm

und bedeckt die Augen seiner Schwester mit der Hand, während er mit ihr gemeinsam aus dem Arbeitszimmer wankt.

Kaum einer der Anwesenden kann einen Ausruf des Entsetzens unterdrücken. Erst nach mehreren Herzschlägen bin ich in der Lage, mir das Zimmer, in dem Friedrich Dossberg seine letzen Atemzüge getan hat, genauer anzusehen. In der rechten Hand hält der Tote ein etwa DIN-A4 großes Blatt Papier. Es ist das Portrait einer schwarzhaarigen Frau, gemalt in Aquarell, mit einer Aufschrift auf der rechten unteren Ecke: *Mai '88*, geschrieben mit einem spitzen Bleistift.

Auf dem Schreibtisch selbst befindet sich neben Telefon, Fax, einem Computer und dem üblichen Schreibtischinventar ein aufgeschlagener Terminkalender mit nur einem Eintrag für den heutigen Tag: *17.00 Uhr Jacobi*. Außerdem finden sich drei weitere Bilder – drei Kohlezeichnungen. Ein neben ihnen liegendes aufgeschlagenes Buch, in dem die drei Zeichnungen abgedruckt sind, weist die Werke als „Frau am Wasser", „Ein Vogel" und „24 ernste Mönche" des Künstlers Moritz Lustig aus.

Das große Fenster ist geschlossen. Es gibt für gewöhnlich den Blick auf den kleinen Garten frei. Jedoch sind die im afrikanischen Stil gemusterten Vorhänge, die von der Decke des Zimmers bis zu seinem Boden reichen, im Moment zugezogen. Auf dem Boden vor dem Fenster und vom Vorhang halb verdeckt liegt eine zerbrochene Vase. Das Wasser hat einen Fleck auf dem Teppich hinterlassen, sodass die ebenfalls am Boden liegenden Rosen nun darben müssen.

Auf dem Tischchen in der dem Schreibtisch gegenüberliegenden Ecke des Raumes stehen zwei leere, aber benutzte Tassen und eine Kanne aus feinstem Porzellan. Drei Sessel, die denen aus der Eingangshalle gleichen, sind um das Tischchen gruppiert. Daneben erhebt sich ein Regal, das Dutzende von Kunstbänden und einige Nachbildungen ägyptischer Statuetten beherbergt.

Bestürzt und fassungslos verlassen die Anwesenden nach und nach das Zimmer und finden sich an der Sitzgruppe in der Halle wieder zusammen. Die immer noch ohnmächtige Sophie Menzel wird vom Chauffeur Joseph Fisching behutsam in ihr Bett getragen.

Donatella Verucini lässt sich schwer in einen der Sessel fallen. „Ein Skandal", haucht sie überwältigt. Schweiß steht auf ihrer Stirn.

Dann schlägt sie beide Hände über dem Kopf zusammen und beginnt zu weinen.

Jasmin von Hohengarten umklammert ihre Perlenkette und massiert mit der anderen Hand ihre Stirn. „Es ist nicht zu fassen", sagt sie mehr zu sich selbst. „Nicht zu fassen."

Auch Peter Heilandt weiß nicht mit der Situation umzugehen. Nervös reibt er sich die Hände, blickt von einem zum andern und beschließt, sich fürs Erste abseits der Gruppe auf die Treppe zu setzen. Die hohe Stirn, die er gegen die dunklen Stäbe des Geländers lehnt, ist von solch durchscheinender Blässe, dass man meinen könnte, er sei ein Geist.

„Ich halte es für das Beste, wenn ich die Polizei verständige", sagt Wilhelm mit erstickter Stimme. Mit einer fahrigen Geste streicht er sich über die Livree und verschwindet dann schnurstracks in die Küche.

„Was ist mit Friedrich?" Evas Blick ist auf die Decke der Halle gerichtet, so als studiere sie mit äußerster Anspannung den Stuck. Immer noch steht ihr Bruder Bertram neben ihr und hält sie. Statt einer Antwort, streicht er ihr über den Rücken, aber Eva scheint diese Geste unangenehm zu sein.

Konrad Jacobi, Friedrichs einstiger Studienfreund, bewegt sich langsam zur Garderobe und greift nach seiner abgewetzten schwarzen Lederjacke. Dann bleibt er unschlüssig stehen und blickt mich an. Er scheint nach einer Abschieds-Floskel zu suchen, findet jedoch keine.

„Sie werden auf die Polizei warten müssen", raune ich ihm zu. „Sie dürfen die Villa jetzt noch nicht verlassen." Es ist sonderbar, wie das menschliche Gehirn funktioniert. In meinem ganzen Leben habe ich erst eine einzige Leiche gesehen – mein Vater starb letztes Jahr. Ich sehe sein Gesicht noch immer vor mir, grau und eingefallen. Eine halbe Stunde habe ich neben dem Totenbett gesessen und mich gefragt, wie ich mich verabschieden sollte. Ich konnte den Blick nicht von seinem Gesicht wenden. Der Wunsch, er möge die Augen öffnen, sich auf die Ellenbogen gestützt aufrichten und mich verwirrt fragen, was um alles in der Welt er in diesem Bett täte, war übermächtig groß. Aber es passierte nichts. Er lag einfach nur da, grau und eingefallen. Genauso hatte er ausgesehen, als ich ihn früh morgens auf einer Straße unweit seiner Wohnung fand, mit dem Gesicht auf dem Kopfsteinpflaster, Arme und Beine weit von sich gestreckt. Die Polizei erklärte, er sei das Opfer eines Überfalls geworden; seine Brieftasche fand man in einem dreißig Meter entfernten Papierkorb. Der Schlag auf den Kopf, an dessen Folgen mein Vater verstorben war, sei vermutlich nicht in tödlicher Absicht ausgeführt worden, aber der Schädel des alten Mannes vertrug solche Brutalität nicht mehr – und gab nach. Der Täter wurde nie gefunden. Es dauerte ein halbes Jahr, bis ich wieder in der Lage war, mich unter Menschen zu wagen. Dann an die See, ein paar Tage Urlaub machen, französisches Essen genießen. Und jetzt hier. Das Bild meines toten Vaters schiebt sich langsam vor das Bild, das ich gerade im Arbeitszimmer gesehen habe. Die groteske Haltung, in der Friedrich im Stuhl sitzt, das viele Blut, das ganz langsam eine sich stetig vergrößernde Lache auf dem Fußboden bildet, diese Stille, die nichts Friedliches hat. Ein Schauer kriecht über meinen Rücken. So viele Ähnlichkeiten. In mir öffnet sich das weite Feld einer alles verschlingenden Leere. Aber sie stürzt mich nicht in Trauer oder Verzweiflung, vielmehr distanziert sie mein Herz von dem Grauen, das gerade passiert ist. Ich bleibe kühl, unberührt. War mir Friedrich Dossberg emotional so fern, dass ich nicht einmal über seinen Tod weinen kann? Nein, ich spüre keine Bestürzung, keine Fassungslosigkeit. Friedrich Dossberg ist tot und ich war der Geschäfte wegen mit ihm bekannt. Es ist sonderbar, wie das menschliche Herz funktioniert.

Jasmin von Hohengarten, die die gleiche Idee wie Konrad Jacobi gehabt zu haben scheint und ebenfalls vor der Garderobe steht, blickt mich erstaunt an.

„Aber das ist doch eine Familienangelegenheit, meine Liebe. Wir haben hier doch nichts zu suchen." Nervös greift sie nach einer Zigarette. „Warum sollen wir hierbleiben?"

„Hier ist ein Mord geschehen", gebe ich nur zurück. „Die Polizei wird uns verhören wollen."

„Ich weiß nicht." Die Hohengarten hält ihre Zigarettenspitze mit der behandschuhten Hand fest umklammert. „Wozu?"

Mir bleibt keine Zeit für eine Erklärung. Eva Dossbergs Stimme ist schrill und vor Wut und Verzweiflung verzerrt.

„Lass mich!", schreit die Witwe durch den Raum. „Du hast Dich vorher auch einen Dreck um mich geschert. Immer haben alle Rücksicht auf Dich nehmen müssen. Und wenn Du die Konsequenzen tragen musstest, bist Du zu Kreuze gekrochen und hast Dich schlecht behandelt gefühlt. Hör auf, Dich jetzt wie der treusorgende Bruder zu benehmen.

Das warst Du nie und Du musst jetzt nicht damit anfangen. Also hör auf, mir den Mund zu verbieten. Oder hat Dich das Flittchen etwa auch schon eingewickelt? Das würde Dir ähnlich sehen." Ein Faustschlag trifft Bertram Janssen an der Schulter. Hilflos hebt Evas Bruder seine Hände, den fassungslosen Blick auf seine Schwester gerichtet.
„Aber Eva, ich wollte doch nur …" hebt er an, doch Eva setzt nach.
„Lass mich einfach in Ruhe!" Erst jetzt nimmt sie wahr, dass alle Blicke auf ihr ruhen. Mit einem Mal schießen ihr die Tränen in die Augen. Sie greift nach dem Handtuchturban, der von ihrem Kopf zu rutschen droht, und läuft die Treppe hinauf.
Peinliche Stille breitet sich in der Halle aus.
„Vielleicht sollten wir doch gehen. Wir können der Polizei doch unsere Personalien hinterlassen", schlägt Peter Heilandt vor. Der Maler hat sich von der Treppe erhoben, als Eva an ihm vorbeigestürmt ist. „So wie ich die Sache sehe, sollte Frau Dossberg zur Ruhe kommen."
„Nichts da!" Bertram hat sich schnell gefasst. „Wir bleiben alle hier bis die Polizei da ist. Haben das alle verstanden?"
Ich beschließe die Zeit bis zur Ankunft der Kommissare zu nutzen. Vielleicht lassen sich einige der offenen Fragen, die es zweifellos gibt, bis dahin schon klären.

Jetzt ist es an der Zeit, Clara Neufeld auf die Suche nach Hinweisen zu schicken, die den Tod von Friedrich Dossberg aufklären könnten.
Untersuchen Sie eine beliebige Anzahl von Räumen im Teil Spurensicherung. Überlegen Sie, ob und mit welchen Personen Sie im Teil Verhöre sprechen möchten. Am Ende jedes Kapiteltextes gibt es eine Übersicht der Räume und Personen, um Ihnen die Auswahl zu erleichtern. Dann blättern Sie direkt zur angegebenen Seitenzahl. Die Reihenfolge, in der Sie die Textpassagen lesen, bleibt ganz Ihnen überlassen. Folgen Sie einfach Ihrem kriminalistischen Spürsinn.
Alle Räume, die Sie während Ihrer Ermittlungen aufsuchen, und alle durchgeführten Verhöre müssen Sie notieren. Nutzen Sie dazu die Seite Gelesene Textpassagen (Umschlagseite III).
Sollten Sie sich nicht sicher sein, in welche Richtung Sie Ihre Ermittlungen lenken sollen, können Sie den Fingerzeig zum ersten Kapitel lesen (Seite 170). Aber auch dieser muss notiert werden und beeinflusst am Ende Ihr Ergebnis.

*Wenn Sie mit Ihren Recherchen für dieses Kapitel fertig sind, lesen Sie das zweite Kapitel **„Aus dem Leben einer Leiche"** (Seite 53).*

ÜBERSICHT
zur Auswahl der weiteren Textpassagen

SPURENSICHERUNG *(Die Räume der Villa)*	*Seite*
OG – Gästezimmer	35
OG – Schlafzimmer	35
OG – Zimmer von Eva Dossberg	36
OG – Zimmer von Friedrich Dossberg	36
OG – Galerie	37
OG – Badezimmer	38
EG – Arbeitszimmer von Friedrich Dossberg	38
EG – Speisezimmer	38
EG – Wohnzimmer	39
EG – Salon	39
EG – Gäste-WC	40
EG – Küche	40
UG – Zimmer von Wilhelm Bagunde	40
UG – Keller und Lager	40
UG – Zimmer von Sophie Menzel	41
UG – Wäsche- und Heizungskeller	42
UG – Bad	43
UG – offene Kellerräume	43
UG – Speisekammer	43
UG – Garage	43
A – Außenbereich, Garten der Villa	44

VERHÖRE *(Die anwesenden Personen)*	*Seite*
Eva Dossberg, Friedrichs Ehefrau (44)	45
Bertram Janssen, Friedrichs Schwager (43)	46
Jasmin von Hohengarten, Abteilungsleiterin bei Janssen & Dossberg (41)	47
Peter Heilandt, Kunstmaler (44)	48
Donatella Verucini, Kunstmalerin (33)	48

Konrad Jacobi, Friedrichs Studienfreund (42)	*50*
Wilhelm Bagunde, Hausdiener der Dossbergs (50)	*50*
Sophie Menzel, Haushälterin der Dossbergs (34)	*51*
Joseph Fisching, Chauffeur der Dossbergs (38)	*51*

FINGERZEIG ZUM ERSTEN KAPITEL *Seite 170*

SPURENSICHERUNG

OG – DAS GÄSTEZIMMER

Im Vergleich zu den anderen Räumlichkeiten der Villa ist das Gästezimmer eher karg eingerichtet. Zwar ist auch hier das Mobiliar von erlesener Kostbarkeit, aber die schmucklosen Wände und der zugezogene dunkelgraue Vorhang lassen das Zimmer trist erscheinen.
An der Wand zwischen Bett und dem kleinen Schreibtisch lehnt ein Gehstock von eher soliden als filigranen Ausmaßen. Ich schätze den Durchmesser der reich verzierten Gehhilfe auf etwa 4 cm. Die Intarsien zeigen einige Blumenranken, die sich in verwirrendem Spiel um den Schaft winden und an dessen unterem Ende in ein metallenes Gewinde münden.
Auf dem Bett liegt eine zierliche Damenhandtasche, aus der es betörend nach Parfüm duftet. Es schickt sich zwar nicht, aber da heute immerhin schon ein Mord verübt wurde, dürfte die Untersuchung des Inhalts wohl kaum großes Aufsehen erregen. Aber auch der Inhalt selbst ist kaum aufsehenerregend. Ein dicker Terminkalender und ein undichter Parfüm-Flakon sind alles, was ich sehen kann.
Aus dem Terminkalender ragt ein Briefumschlag heraus. Er ist an Donatella Verucinis Hamburger Anschrift adressiert und am 13. Juni 2003 in Rom abgestempelt worden. Der Brief darin ist in italienischer Sprache verfasst. Mit dem wenigen Italienisch, das ich verstehe, übersetze ich den Brief bruchstückhaft. Von einer *famiglia* ist da oft die Rede, ebenso wie vom *papá*, der sich mit den falschen Leuten eingelassen und nun Angst hat, nicht genügend Geld für die ominöse *famiglia* auftreiben zu können.

OG – DAS SCHLAFZIMMER

Die Tür zum Schlafzimmer der Dossbergs ist nur angelehnt. Als ich sie gerade aufziehen will, höre ich eine leise Stimme und schrecke zurück. Es ist unverkennbar, dass Eva Dossberg in ein Selbstgespräch vertieft ist. Durch den offenen Türspalt kann ich die Ehefrau des Mordopfers zwar beim Umkleiden und Frisieren der Haare beobachten – sie hat den Bademantel gegen ein schlichtes schwarzes Kostüm getauscht – aber ich kann sie nicht genau hören. Nur vereinzelte Worte werden zu mir herübergetragen. „Miststück", „Schlampe" und „Hure" sind noch die harmloseren Verwünschungen, die an mein Ohr dringen. Unterbrochen wird das einseitige Gespräch immer wieder vom Schluchzen der Hausherrin.

Leise trete ich wieder von der Tür zurück.

OG – DAS ZIMMER VON EVA DOSSBERG

Das Zimmer von Eva Dossberg scheint aus allen Nähten zu platzen, so angefüllt ist es mit Tuben, Döschen, Schachteln und Kartons, in denen Papier, Farben und andere Utensilien für die Künstlerin liegen.

Auf der Staffelei am Fenster trocknet ein Ölgemälde. Es zeigt den Blick in den Garten, den man von diesem Raum aus hat, und überzeugt vor allem durch die Natürlichkeit der Farben.

Der Schreibtisch hingegen ist so sauber und aufgeräumt, dass es scheint, als sei er eine Fata Morgana in diesem Durcheinander, das Eva selbst gerne als kreatives Chaos entschuldigt. Nur die Telefon-Fax-Kombination, eine Schreibunterlage und ein Glas mit Stiften erheben sich von der Tischplatte. In der obersten Schublade finde ich einen mit Maschine geschriebenen Text auf zartrosa Papier (s. Abb. 3). Das Blatt ist Teil einer Sammlung mehrerer Papiere in einer Mappe. Unter anderem finden sich auch zwei Faxe der Detektei *Dricker & Klein* (s. Abb. 4).

Als ich die Papiere zurücklegen will, sehe ich in der hintersten Ecke der Schublade etwas aufblitzen. Ich schiebe einen Stapel Zeichenblöcke beiseite, greife tief hinein und bekomme etwas kühles Glattes zu fassen: eine Flasche Gin, noch dreiviertel gefüllt.

OG – DAS ZIMMER VON FRIEDRICH DOSSBERG

Ähnlich wie sein Arbeitszimmer ist auch Friedrichs Privatzimmer angefüllt mit Skulpturen. In diesem Raum jedoch herrscht der asiatische Kulturraum vor. Ein völlig unaufgeräumter Schreibtisch, ein Sofa, auf dem ein Kopfkissen und eine Decke liegen, und ein Regal voller Kunstbände bilden das Inventar des Zimmers.

Unter dem Kopfkissen lugt die Ecke eines kleinen roten Buches hervor. Ich nehme es an mich und beginne zu blättern. Anscheinend handelt es sich um eine Mischung aus Notizheft und Tagebuch, in das Friedrich Aphorismen, private Termine, wichtige Jahrestage und persönliche Gedanken notiert hat. Die letzte Eintragung ist auf den 13. August dieses Jahres datiert. Es ist nur ein Satz: *So kann es nicht mehr weitergehen.*

Auf dem Schreibtisch liegt ein Ordner, den ich näher betrachte. Er trägt die Aufschrift *J & D / Presse 2003* und enthält Zeitungsausschnitte. Der letzte Eintrag ist auf den 17. September datiert (s. Abb. 1). In den Ordner ist ein loses Blatt eingelegt (s. Abb. 2).

OG – DIE GALERIE

Das Turmzimmer im Obergeschoss ist ganz im krassen Widerspruch zu seinem Gegenstück im Erdgeschoss eingerichtet. Während der Salon eine gediegene viktorianische Atmosphäre versprüht, ist die Galerie ein Abbild der modernen Kunst. Wände und Decke sind schneeweiß gestrichen und bilden eine kühle Reflexionsfläche für die blassblauen Glühbirnen, die in etwa 30 cm tiefen Schluchten im Boden versenkt sind und von dort aus direkt die Decke anstrahlen. Über die Vertiefungen im Boden sind grobmaschige Gitter gelegt, die mit dem Fußboden fest verschraubt sind, sodass man über die Bodenleuchten hinwegschreiten und gespenstische Schatten an die Wand werfen kann.

Die Galerie ist der Ort, an dem Donatella Verucini heute ihre Bilder ausstellt. Sie sind mir im Moment jedoch weniger wichtig als die Stellwand, die mitten im Raum steht. Die Überschrift *Meine Kritiken* weist die darunter angebrachten Zeitungsausschnitte als Beweis für Dossbergs Kritikerkarriere aus. Es ist Tradition, dass Dossberg zu jedem Geburtstag ein Jahr dieser Karriere Revue passieren lässt. Dieses Mal ist das Jahr 1988 an der Reihe (s. Abb. 7).

Nach der Lektüre der Artikel wende ich mich dann doch noch den Bildern von Donatella Verucini zu. Mein Blick schweift über die Werke und wird dann plötzlich von einem Lichtblitz geblendet. Bei näherem Hinsehen erkenne ich, dass in einer der Bodenvertiefungen eine kleine Metallkappe von etwa 4 cm Durchmesser mit einem Innengewinde liegt. Sie hat das Licht reflektiert, das mich geblendet hat. Da das kleine Ding unter dem Gitter nicht zu fassen ist, wende ich mich wieder ab. Als ich aufblicke, sehe ich vor mir einen Tresor, der in die Wand eingelassen ist. Er ist jedoch verschlossen und nur mit einem speziellen Schlüssel zu öffnen. Mehr Informationen kann mir dieser Raum im Moment also nicht bieten.

OG – DAS BADEZIMMER

Mein Blick rutscht auf den blank polierten Fliesen des Badezimmers der Dossbergs geradezu aus, so strahlend weiß und glänzend präsentiert sich das Örtchen.
Lediglich das Waschbecken strotzt nur so vor Schmutz. Auf der weißen, unschuldigen Keramik befinden sich große unansehnliche Schlammspritzer. Auch ein auf dem Boden liegendes ehemals reinweißes Frotteehandtuch ist über und über bedeckt mit graubraunen Flecken.

EG – DAS ARBEITSZIMMER VON FRIEDRICH DOSSBERG

Ich betrete den schaurigen Ort zum zweiten Mal, aber es gibt keine Auffälligkeiten, die mir nicht schon bei meinem ersten Besuch hier aufgefallen wären.
Eine nähere Untersuchung der Einrichtungsgegenstände bringe ich nur unter Aufbietung aller Kräfte über mich, denn auch wenn ich mich dagegen wehre, schweift mein Blick doch immer wieder zu dem blutüberströmten Leichnam im Schreibtischstuhl.
Das Fenster hinter dem Vorhang ist geschlossen. Der Tee in den Tassen ist mittlerweile angetrocknet, der in der Kanne erkaltet. Die Rosen auf dem Boden sind wohl auch mit den wohlmeinendsten Rezepten aus Großmutters Wunderkiste nicht mehr zu retten.
Plötzlich höre ich ein lautes schrilles Quietschen und dann ein Rumpeln. Ich wirbele herum und starre auf die Leiche. Nein, da ist keine Leiche mehr! Mein Herz hämmert und treibt das Blut so schnell in meinen Kopf, dass die Halsschlagader zu bersten droht. Trotzdem nähere ich mich dem Schreibtisch.
Unter dem Druck des Körpers hat der Schreibtischstuhl langsam nachgegeben. Der tote Körper ist zu Boden geglitten und liegt nun in einer grotesken Verrenkung unter dem Tisch. Vor Übelkeit muss ich würgen. Ich verlasse das Arbeitszimmer in wilder Panik.

EG – DAS SPEISEZIMMER

Der übergroße Tisch, der den meisten Raum im Zimmer einnimmt, ist prunkvoll eingedeckt. Glitzerndes Kristallglas, blank poliertes Silberbesteck und feines Porzellan blinken mir entgegen. Bei der näheren Untersuchung des Zimmers entdecke ich aber leider nichts von Bedeutung.

EG – DAS WOHNZIMMER

Im Wohnzimmer herrscht gediegene Gemütlichkeit. Die mit Seide bezogenen Sitzgelegenheiten gruppieren sich um ein niedriges Mahagonitischchen, auf dem ein voluminöses Blumenbouquet in einer japanischen Vase und ein Glas Scotch stehen.
Im Regal links vom Fenster kann ich die Musiksammlung der Dossbergs begutachten: CDs mit klassischer Musik stehen zum Abspielen auf der ebenfalls im Regal befindlichen Stereoanlage bereit. Neben all der gesammelten Kultur wirkt der Fernseher durch seine schiere Größe wie das Schwarze Loch der Unterhaltungsindustrie.
Durch das geschlossene Fenster wird der Blick auf die Terrasse freigegeben.

EG – DER SALON

Ganz im viktorianischen Stil eingerichtet, ist der Salon mit Sicherheit das Prunkstück des Hauses. Die hier angesammelten Antiquitäten aus dem späten 19. Jahrhundert hätten unter normalen Umständen ein Ausgangspunkt für kunsthistorische Gespräche zwischen Friedrich und mir sein können. Heute verleihen sie dem Raum wenigstens noch das Flair eines alten englischen Adelssitzes. Der Flügel im hinteren Bereich und die Stereoanlage im Regal sind weitaus jünger als alles andere Mobiliar.
Eine Anzahl von Ölportraits gibt die Ahnenreihe der Familie Janssen wieder. Unter dem ersten Bild lese ich *Kaspar Janssen (1805 – 1863)*, es folgen *Friedhelm, Corvinius* und *Richard Janssen. August Janssen,* der Schwiegervater des Mordopfers, und *Bertram Janssen* stehen am Ende der Reihe. Schon bei meinem ersten Besuch in der Villa habe ich bemerken müssen, dass die Frauen der Familie nicht berücksichtigt werden.
Der Kamin, der sich in einer Nische des Zimmers befindet, ist befeuert. Zwischen den glühenden Kohlen und den tief brennenden Holzscheiten erkenne ich einen kleinen Klumpen verkohlten Leders.
Durch ein Fenster des Raumes schweift mein Blick über die Hofauffahrt und den Eingangsbereich der Villa.

EG – DAS GÄSTE-WC
Die leuchtend weißen Gästehandtücher, der Duft, der dem elektrischen Raumerfrischer entströmt und das angenehme diffuse Licht machen diesen Raum zu einer kleinen Oase, die ich gar nicht so schnell wieder verlassen möchte. Händewaschen nicht vergessen!

EG – DIE KÜCHE
In der modernen Küche findet der versierte Hobbykoch alle nötigen und unnötigen Gebrauchsgegenstände. Besonders auffallend ist jedoch die Unordnung, die in diesem Raum herrscht. Es ist unübersehbar, dass die Haushälterin Sophie Menzel von den Vorgängen in der Villa überrascht worden ist, denn das Chaos aus halbfertigen Speisen erstreckt sich über die gesamte Küche.
„Brauchen Sie etwas, Frau Neufeld?" Es ist die Stimme von Wilhelm Bagunde, dem Hausdiener. Er steht an der Arbeitsfläche direkt neben der Tür und telefoniert. Die linke Hand legt er auf die Sprechmuschel, als ich eintrete. „Ich muss den anderen Gästen absagen", setzt er entschuldigend hinzu.
„Nein, Wilhelm. Entschuldigen Sie. Ich wollte Sie nicht stören."

UG – DAS ZIMMER VON WILHELM BAGUNDE
Das Zimmer des Hausdieners ist angefüllt mit dem Geruch der Blumen, die Wilhelm Bagunde auf Schreibtisch, Anrichte und sogar auf dem Fußboden in Töpfen und Vasen stehen hat.
In dem ansonsten schmucklosen Raum steht ein alter Ohrensessel, auf dem die Taschenbuchausgabe des Romans „Dali-Fee" von Cipfi Rainick liegt. Ein Lesezeichen steckt im hinteren Drittel des Buches. Auf dem Schreibtisch liegt eine Notiz bezüglich der Gästeliste für den heutigen Abend (s. Abb. 6).

UG – KELLER UND LAGER
Die Tür öffnet sich knarrend und absolute Schwärze schlägt mir entgegen. Das wenige Licht, das vom Flur in den Raum hineindringt, reicht nicht aus, um mir einen Überblick zu verschaffen. Also taste ich mit der Hand über den Türrahmen, bis ich den rauen Putz der Innenwand spüre, immer auf der Suche nach dem Lichtschalter. Dann ertaste ich etwas. Seltsam, kann ich gerade noch denken. Seltsam, weil

ein Lichtschalter eigentlich glatt und kühl ist. Nicht weich und ... irgendwie ... haarig.
Der Schrei, den ich höre, entwindet sich aus meiner eigenen Kehle. Aber das fällt mir kaum auf, als sich das haarige Etwas unter meiner Hand bewegt, unter meiner Hand hervorkrabbeln will.
Mein Arm schnellt wie ein Blitz aus der Dunkelheit des vor mir liegenden Raumes heraus und reißt die riesenhafte Spinne mit auf den Gang, wo sie dicht vor meinen Füßen landet. Nur einen Augenblick kann ich sehen, wie das kleine Monster mit den langen Beinen sich wieder in die Dunkelheit des Kellers flüchtet.
Ich gönne mir einen Moment des Atemholens, bevor ich erneut – dieses Mal ganz vorsichtig – auf die Suche nach dem Lichtschalter gehe. Gefunden. Mit schnellem Blick suche ich den Boden und die Wände des Kellers ab. Keine Spinne zu sehen.
Zwei Schränke und ein riesenhaftes Regal beherbergen all das Inventar, das ein Haushalt nur selten benötigt.
Aber auch eine Sammlung der Werke der von Dossberg unterstützten Künstler ist hier zu finden. Auf einer der dicksten Mappen lese ich den Namen *Donatella Verucini*. Die in Folien eingepackten Gemälde und Zeichnungen sind mit diversen Notizzetteln versehen (*für die Ausstellung im Goldbek-Museum, zur Vorlage in der Galerie Tannert, zum Verkauf an das Berliner Museum der Künste* usw.). Die Suche nach Peter Heilandts Mappe gestaltet sich länger. Als ich sie schließlich in den Händen halte, blicke ich auf fünf kleine Ölgemälde hinab. Die einzige Notiz auf der Mappe lautet: *unnütz*.

UG – DAS ZIMMER VON SOPHIE MENZEL

Vorsichtig betrete ich den Raum. Er ist abgedunkelt. Auf dem Bett liegt Sophie Menzel und starrt mit abwesendem Blick an die Zimmerdecke. Sie zittert und krallt ihre Hände ins Laken. Neben ihr sitzt der Chauffeur Joseph Fisching. Er streichelt behutsam über die rechte Hand der Haushälterin und redet beruhigend auf sie ein. An seiner Haltung und seinem Bemühen ist deutlich abzulesen, wie sehr er sich um seine Kollegin sorgt.
Als mein Eintreten bemerkt wird, macht der Chauffeur eine abwinkende Handbewegung. „Sophie braucht Ruhe. Ich glaub', es ist' besser, wenn sich nur einer um sie kümmert. Zu viele Menschen regen sie jetzt bloß auf."

Bevor ich mich diskret wieder zurückziehe, kann ich Sophie etwas sagen hören: „Er hat ihm gedroht! Hätte ich doch bloß Frau Dossberg Bescheid gegeben. Hätte ich doch bloß …"

„Beruhig' Dich", sagt Fisching. „Du hast Dir nichts vorzuwerfen. Dieser Heilandt wird sich zu verantworten haben."

UG – DER WÄSCHE- UND HEIZUNGSKELLER

Die Tür zum Wäsche- und Heizungskeller ist feuersicher und liegt schwer in den Angeln. Neben dem Heizkessel und der Waschmaschine ist der Trockner aber auch schon das einzig Interessante in diesem …

Ein lautes „Rums" lässt mich aufschrecken. Mein Kopf schnellt herum. Der Raum scheint kleiner geworden zu sein. Nein. Die Tür ist ins Schloss gefallen. Bevor ich noch richtig darüber nachdenken kann, wie es dazu gekommen ist, bin ich schon an der Tür und zerre am Knauf. Meine böse Ahnung bestätigt sich schnell. Die Tür bleibt fest verschlossen. Ich hämmere dagegen. Meine Gedanken rasen, versuchen einen Ausweg zu finden. Nein. Kein Fenster.

Dann plötzlich ein Klicken, viermal, fünfmal hintereinander, rasend schnell. Ein Zischen. Verzweifelt werfe ich mich mit meinem ganzen Körper gegen die Tür. Geh' doch bitte, bitte endlich auf!

Die Tür bewegt sich, kommt mir entgegen. Endlich! Ich reiße am Türblatt, will hinausspringen. Doch in der Tür steht eine Gestalt. Ein Mann. Er greift nach mir. Ich taumele zurück.

„Na na, Frau Neufeld. Ich bin's nur." Joseph Fisching, der Chauffeur, blickt mich an. „Sie haben sich ja ganz schön erschreckt."

„Joseph?" Mir ist die ganze Sache etwas peinlich. „Was ist denn passiert?"

„Ich hab' gehört, wie die Tür zum Heizungskeller zugefallen is'. Sie haben wahrscheinlich einfach vergessen, sie festzumachen." Er bückt sich, hebt etwas auf und zeigt mir einen kleinen Holzkeil, der auf dem Boden gelegen hat. „Den muss man unter die Tür schieben, sonst fällt sie von alleine zu und man is' gefangen."

„Aber diese Geräusche." Ich bin immer noch nicht überzeugt von der Einfachheit seiner Erklärung.

Joseph kann sich ein Grinsen nicht verkneifen. Er deutet auf den Heizkessel.

„Der hat grade gezündet", sagt er schlicht.

UG – DAS BAD

Als ich das Licht angeschaltet habe, mache ich unwillkürlich einen Schritt zurück. Der Schreck sitzt so tief, dass ich einen Ausruf des Entsetzens nicht verhindern kann. Ich glaube nicht, was ich da sehe: Hellbraune Fliesen und pastellgrüne Sanitärkeramik verbünden sich zu einem Anschlag auf den guten Geschmack und springen mir mit solcher Gewalt in die Augen, dass ich mich nur noch angewidert abwenden kann.

Eine Untersuchung des geschmacklos eingerichteten Raumes fördert nichts zutage, was mir bei meiner aktuellen Untersuchung von Nutzen sein könnte. Allerdings schwöre ich feierlich zurückzukehren, um den Verantwortlichen für dieses Einrichtungsdesaster zu ermitteln und seiner gerechten Strafe zuzuführen.

UG – DIE OFFENEN KELLERRÄUME

An der Kellertreppe komme ich an einem großen Regal vorbei, das mit all dem angefüllt ist, was im Lagerraum nicht mehr unterzubringen war. Hier stapeln sich alte Hutschachteln, nutzlose Souvenirs, die das Ehepaar Dossberg von seinen Reisen mitgebracht hat, und verschiedene andere Kuriositäten. Außerdem finden sich diverse Pokale, die Richard Janssen, ein Vorfahr von Eva Dossberg, bei seiner Passion, dem Pferderennen, gewonnen hat.

UG – DIE SPEISEKAMMER

Hier ist alles an Nahrungsmitteln und Getränken vertreten, was man sich nur vorstellen kann: eine reichhaltige Auswahl an Gemüse und Obst, Regale voller Vorräte und ein gut gefülltes Weinregal mit erlesenen Tropfen. Doch nach den schrecklichen Ereignissen steht mir der Sinn nicht nach Gaumenfreuden. Im Gegenteil. Mein Magen wird beim Anblick der Nahrungsmittel ganz flau, sodass ich mich schnell wieder abwende und die Speisekammer eilig verlasse.

UG – DIE GARAGE

In der Garage steht die Limousine des Friedrich Dossberg. Außer ihr scheint hier nichts von Bedeutung zu sein.

Auf dem Rücksitz im Inneren des Wagens finde ich das Notebook des Mordopfers. Während der Rechner hochfährt, überlege ich, welches

Passwort Friedrich wohl verwendet haben könnte. „Eva" erscheint mir dann doch ein bisschen zu simpel. Bevor ich mir den Kopf zerbreche, bemerke ich, dass ich überhaupt kein Passwort brauche. Das Notebook ist betriebsbereit. Es finden sich jedoch nur geschäftliche Dinge, von denen ich nicht viel verstehe. Immerhin gibt es zwei E-Mails, die auf der Festplatte gespeichert sind (s. Abb. 5).

A – AUSSENBEREICH, GARTEN DER VILLA

Die Villa wird von einem großen Garten umgeben – dem wohl kostspieligsten Statussymbol in einem Stadtteil mit schwindelerregend hohen Grundstückspreisen. Um das gesamte Anwesen herum windet sich ein drei Meter hoher schmiedeeiserner Zaun mit blitzenden Spitzen. Erreichbar ist das Grundstück nur durch ein ebenfalls schmiedeeisernes Tor, das den Weg zur Auffahrt freigibt.

Die Auffahrt – ganz mit sorgsam geharktem Kies bedeckt – macht eine Runde vor dem Eingang zur Villa und mündet rechts des Hauses in die gepflasterte Abfahrt zur Garage. Vor dem Haus, im unteren Teil des Rundes, das die Auffahrt beschreibt, steht der dunkelgrüne Wagen mit Hamburger Kennzeichen von Konrad Jacobi.

Hinter dem Haus erstreckt sich die Grünfläche, die nur von wenigen Blumenbeeten und einigen Bäumen durchbrochen wird. Direkt am Haus befinden sich eine Terrasse, die zu dieser Jahreszeit jedoch nicht benutzt wird, und der See, dessen unergründliche Tiefen und wirres Wellenspiel zum Verweilen einladen.

VERHÖRE

EVA DOSSBERG

Eva kommt gerade aus dem Obergeschoss. Sie hat sich umgezogen und trägt jetzt ein schwarzes Seidenkostüm. Das von schwarzen Haaren umrandete Gesicht der Mittvierzigerin ist blass. Ihre Finger verkrampfen sich um ein Taschentuch, das sie immer wieder zu den Augen führt, um die beständig fließenden Tränen zu trocknen. Sie räuspert sich mehrmals, bevor sie auf meine Fragen antworten kann.
„Ich verstehe das nicht", sagt sie mit zitternder Stimme. Und während ihr Blick ins Leere entgleitet, fährt sie fort: „Warum hat er nicht mit mir geredet? Ich habe ihm so oft gesagt, dass wir mehr reden müssen, dass wir mehr Zeit miteinander verbringen müssen. Ich hätte eindringlicher sein müssen. Ich hätte mehr Verständnis für seine Situation haben müssen. Jetzt ist es vorbei." Sie blickt in meine Richtung, scheint mich aber nicht wirklich anzusehen. „Jetzt ist alles vorbei."
„Eva, Sie sollten sich keine Vorwürfe machen. Ich …"
„Was wissen Sie denn?" Plötzlich wird ihre Stimme wieder schrill. Ein weiteres Mal fährt sie sich mit dem Taschentuch durchs Gesicht. „Sie haben ihn doch gar nicht wirklich gekannt. Erzählen Sie mir nichts von Vorwürfen!" Ein lautes Schluchzen unterbricht sie, dann fährt sie mit leiserer Stimme fort. „Mir ist mein Glück genommen worden. Ich habe versucht, meine Ehe zu retten, weil sie mir etwas bedeutet hat. Ich habe an sie geglaubt. Immer. Und jetzt ist da nichts mehr zu retten. Kommen Sie mir nicht damit, dass ich mir keine Vorwürfe machen soll."
Die Reaktion der Hausherrin erschreckt mich. Noch nie habe ich Eva dermaßen verstört und aufbrausend erlebt. Ich will mich schon zum Gehen wenden, als Eva mich zurückruft. „Entschuldigen Sie. Das war unfair. Sie haben mit der Sache ja nichts zu tun."
„Von welcher Sache reden Sie denn?", frage ich.
„Friedrich und ich hatten keine gute Zeit in den letzten Monaten."
„Haben Sie heute noch mit Friedrich gesprochen?"
„Nein. Ich bin sehr spät aufgestanden. Friedrich war schon in der Firma. Ich war für einige Zeit in der Stadt zur Nagelmodellage und habe mich danach wieder hingelegt. Mein Schlaf ist derzeit nicht der beste. Ich wollte mich etwas erholen, bevor die Gäste eintreffen." Eine neue Welle der Trauer droht sie zu überwältigen. „Es ist so profan. Ich

war im Badezimmer und habe die Gesichtsmaske abgenommen, als Sophie … Als sie ihn entdeckt hat."

Ein Schwall Tränen, den auch das Taschentuch nicht mehr aufzunehmen in der Lage ist, ergießt sich aus Evas Augen. Ich ziehe es vor, mich zurückzuziehen.

BERTRAM JANSSEN

Der Blick aus den stahlgrauen Augen von Bertram Janssen bohrt sich in mein Gesicht. Es ist offensichtlich, dass er mich für pietätlos hält, als ich ihn auf das Verhältnis zu seinem Schwager anspreche.

„Hören Sie", sagt er mit Oberlehrer-Tonfall, „mein Schwager ist gerade tot aufgefunden worden. Ermordet. Glauben Sie nicht, dass es für mich im Moment wichtigere Dinge gibt, als mich mit Ihnen zu unterhalten? Ich muss mich um meine Schwester kümmern."

„Sicher", lenke ich ein, „ich möchte Ihnen auch vorrangig mein Beileid ausdrücken."

„Beileid?", schnaubt Bertram und zieht seine Stirn kraus. „Liebe Frau Neufeld, anscheinend haben Sie noch gar nicht richtig nachgedacht. Ist Ihnen eigentlich bewusst, dass jeder der hier Anwesenden der Täter sein kann? Jeder. Glauben Sie ja nicht, dass mich Beileidsbekundungen davon abbringen können, jeden hier als Verdächtigen zu sehen."

„Wirklich jeden? Wie sieht es denn mit Ihnen aus?" Ich war noch nie gut darin, offene Angriffe gegen mich an einer Aura der Ausgeglichenheit abprallen zu lassen.

„Jetzt reicht's mir aber! Falls es Ihnen entgangen sein sollte: Ich bin wie Sie erst vor ein paar Minuten in der Villa eingetroffen."

„In diesem Fall dürfte natürlich jedes noch so starke Motiv ohne Belang sein", gifte ich zurück.

„Hören Sie! Die Differenzen, die Friedrich und mich entzweit haben, liegen Jahre zurück. Außerdem handelt es sich dabei um Familienangelegenheiten. Aber wenn Sie's genau wissen wollen: Ich bin heute hier, um das Kriegsbeil zu begraben. Es liegt mir nämlich was an meiner Familie." Es ist nur ein Hauch von Gefühlsregung, der über sein Gesicht huscht, aber er ist deutlich sichtbar. „Ich habe nämlich schon viel zu viel Familie verloren." Dann wird seine Miene wieder hart.

JASMIN VON HOHENGARTEN

„Es ist eine furchtbare Sache." Jasmin von Hohengarten wirkt verstört, als ich mich ihr zuwende. „Der reine Irrsinn. Wer kann das gewollt haben?" Nervös zieht sie an ihrer Zigarette. Als etwas Asche auf die ellenbogenlangen Handschuhe fällt, pustet sie die Krümel auf den Boden.
„Das bliebe aufzuklären", sage ich.
Sie senkt die Stimme. „Meinen Sie, wir müssen lange hierbleiben, wenn die Polizei angekommen ist? Ich weiß ja gar nicht, wie so eine Vernehmung abläuft. Schrecklich. Mit so was hatte ich noch nie zu tun."
„Ich denke, es kommt darauf an, wie gut Sie mit Friedrich bekannt waren."
„Bekannt? Meine Liebe, ich habe zu den engsten Mitarbeiterinnen von Friedrich gehört. Ich habe maßgeblich dazu beigetragen, dass die Firma expandiert. Ich habe oft mehr Zeit mit ihm verbracht als seine eigene Frau. Ich habe …"
„Oder darauf, wie lange Sie heute Abend schon hier gewesen sind", unterbreche ich den Redefluss.
Ein kurzes Schweigen weist mich unmissverständlich darauf hin, dass Frau von Hohengarten es gewohnt ist, den Großteil einer Konversation alleine zu bestreiten. Mit dem Blick einer Operndiva zieht sie erneut an ihrer Zigarette, scheint mir dann aber meinen Lapsus zu verzeihen.
„Just in dem Moment, als mit dem Schrei der Haushälterin der Schrecken des heutigen Abends begonnen hat, haben wir uns die Hände gereicht. Haben Sie das schon vergessen?"
„Nun. Es ist ja immerhin möglich, dass einer der Anwesenden hier …"
„… der Täter ist?", vollendet sie meinen Satz und zieht schockiert die Augenbrauen hoch, bis sie fast ihren Haaransatz erreichen. „Nein, meine Liebe, das kann ich mir nicht vorstellen." Mit drei kraftvollen Stößen drückt sie ihre Zigarette aus. „Wirklich nicht. Das wäre ja … Also wirklich. Sie haben wohl zu viele schlechte Bücher gelesen. Wirklich. Nein."
„Es ist ja auch nur eine Idee", versuche ich sie zu beschwichtigen. „Möglich wäre es doch aber. Immerhin sind einige der Gäste schon am früheren Abend erschienen."
„Ich nicht! Ich habe den ganzen Tag in der Firma gearbeitet."

PETER HEILANDT

Peter Heilandt sitzt ein wenig abseits der diskutierenden Gruppe in der Halle. Er scheint sich ganz und gar fehl am Platz zu fühlen. Die hohe Stirn hat er in tiefe Falten gezogen.

„Seltsame Situation, nicht wahr?", frage ich.

„Ja." Nervös reibt er sich die Hände. „Ich gehöre ja weder zur Familie noch zum engeren Freundeskreis. Ich hoffe, die Polizei ist bald hier, damit ich nach Hause fahren kann." Er gähnt. „Entschuldigung. War eine lange Nacht gestern. Viel Arbeit im Atelier."

„Haben Sie Friedrich gut gekannt?"

„Nein. Ich kenne ihn erst seit ein paar Monaten. Ohne ihn hätte ich meinen Beruf wohl an den Nagel hängen müssen. Naja, jetzt ist es wieder aus. Dass mir das aber auch immer wieder passieren muss. Ich war gerade dabei, mir ein Umfeld aufzubauen, das meine Arbeit zu würdigen weiß. Man lebt halt nicht nur von Luft und Liebe."

„Kennen Sie denn die anderen Anwesenden besser?"

„Nein. Wie gesagt, war ich gerade dabei, alles ein bisschen besser kennenzulernen. Diese Gesellschaft eben. Also, die Menschen der Gesellschaft. Ich dachte auch, die anderen Künstler aus Dossbergs Dunstkreis könnten mir helfen, meine Arbeiten weiterzuentwickeln."

„Sie spielen auf Donatella Verucini an?"

„Ja. Auch. Ich wollte sie heute treffen. Vor dem Empfang, wissen Sie. Ein Gespräch unter Kollegen, während sie die Ausstellung oben in der Galerie vorbereitet."

„Also waren Sie zur Zeit des Mordes hier im Haus?"

„Sicher. Donatella war aber nicht zu sprechen. Sie hat im Gästezimmer geschlafen, hat mir jedenfalls Wilhelm gesagt. Ich war im Salon und habe Musik gehört, bis die Haushälterin ihn … also Herrn Dossberg gefunden hat."

DONATELLA VERUCINI

Der schwere Duft eines Parfüms hüllt mich ein, als ich mich neben Donatella Verucini setze. Auf den Sessel ihr gegenüber hat die Malerin ihren linken Fuß gelegt.

„Mein Knöchel", sagt sie entschuldigend und weist auf das hochgelegte Bein. „Muss wohl eine Verstauchung sein."

„Wie ist das denn passiert?", frage ich mit echter Anteilnahme. Die

Erinnerungen an meinen Fahrradunfall von vor vier Jahren drängen sich schmerzhaft in mein Bewusstsein.
„Ich bin von der Leiter gefallen. Gestern im Atelier. Aber halb so schlimm. Ich kann schon fast wieder auftreten.
„Sie sprechen ein gutes Deutsch."
„Naja", meint sie schnippisch. „Besser als Ihr Italienisch, was?"
„Das stimmt", muss ich ihr beipflichten.
„Was treibt Sie denn her? Ist es das Interesse an der Kunst oder sind es doch nur die Geschäfte?", fragt sie mit lauernder Miene.
„Ich glaube, das lässt sich beides gut miteinander vereinbaren."
„So?" Sie beugt sich ein bisschen vor, sodass der Geruch des Parfüms mir fast den Atem nimmt. „Das glauben Sie?"
Also gut, denke ich, es gibt die Arroganz der vielen Worte und die Arroganz der wenigen.
„Sie scheinen nicht besonders schockiert über den Tod Ihres Mäzens zu sein", kontere ich. „Wie vereinbaren Sie Kunst und Geschäft?"
„Ihr Deutsche denkt immer nur an das Geld. Aber ich bringe Gefühle in Farbe auf Leinwand. Wenn ich davon leben will, muss ich Geld verdienen. Aber ich muss nicht ständig davon reden. Wie ich zu Friedrich gestanden habe, wollen Sie wissen? Dann fragen Sie mich doch gerade heraus." Mit einem Lächeln verschränkt sie die Arme vor der Brust.
„Also gut. Wie standen Sie zu Friedrich?"
„Er hat mich und meine Kunst verstanden. Er hat mich geliebt. Er war anders als die Sesselfurzer, die sich Galeristen nennen. Er war inspirierend. Sein Tod ist ein schwerer Schlag für Hamburg und Sie können mir glauben, dass ich persönlich bei der Hinrichtung des Täters applaudieren werde." Erst jetzt bemerke ich, dass mein Gegenüber seine Trauer über Friedrich Dossbergs Dahinscheiden in Zorn gegen den Mörder verwandelt hat.
„Sie stellen heute Abend aus, habe ich gehört?" Ich hoffe, die Anspielung auf ihre Arbeiten möge Donatella gnädiger stimmen.
„Natürlich. Die letzten Korrekturen bei der Auswahl der Bilder wollte ich noch heute Nachmittag vornehmen."
„Also waren Sie zum Zeitpunkt des Mordes im Haus?"
„Was soll das? Natürlich war ich hier. Ab halb fünf, wenn Sie's genau wissen wollen. Und? Glauben Sie, ich habe Friedrich umgebracht?"
„Immerhin sind wir alle verdächtig. Oder nicht?"

„Ja", sagt sie nachdenklich. „Da haben Sie sicher Recht. Aber ich habe mich ins Gästezimmer zurückgezogen, um mein Bein hochzulegen. Dabei muss ich die Zeit vergessen haben. Erst der Schrei von Sophie hat mich aus meinen Tagträumen gerissen."

KONRAD JACOBI

„Es ist wirklich unglaublich", sagt Konrad Jacobi und reibt sich die ergrauten Schläfen. „Jetzt, wo wir uns so lange nicht gesehen haben, passiert sowas."

„Sie kennen Friedrich aus der Universität, nicht wahr?"

„Richtig. Wir haben uns seit Ewigkeiten nicht mehr gesehen. Ich wollte auch nur kurz vorbeischauen. Aber jetzt ist mein Wagen verreckt und ich sitze hier fest. Dabei muss ich unbedingt ins Bett. War eine lange Anfahrt." Um seine Aussage zu unterstreichen, stützt Konrad seinen Kopf in beide Hände.

„Sie waren doch zum Zeitpunkt des Mordes im Haus, oder?"

Konrads Kopf schnellt hoch. „Ja. Aber das hat doch nichts zu bedeuten. Ich habe auf den Pannendienst gewartet. Hier in der Halle habe ich gewartet. Glauben Sie denn …? Ich bin eingeschlummert. Herrgott noch mal, ich war müde, das habe ich Ihnen doch gesagt."

„Ist ja gut", versuche ich ihn zu beschwichtigen. „Aber sagen Sie, wenn Sie hier in der Halle gesessen haben, hätten Sie doch eigentlich sehen müssen, wer als Letzter aus dem Arbeitszimmer gekommen ist."

„Wie ich schon sagte: Ich habe geschlafen. Durchgehend. Naja, fast durchgehend."

„Wie meinen Sie das?"

„Ach, zwischendurch bin ich mal aufgewacht. Da war so ein Geräusch. So ähnlich wie Stoff, der zerrissen wird, nur schneller und gedämpfter. Genau kann ich mich daran aber nicht erinnern."

WILHELM BAGUNDE

Wilhelm gönnt sich einen heißen Tee in der Küche, nachdem er der schweren Pflicht nachgekommen ist und den übrigen Gästen abgesagt hat. Mit ernster Miene hört er mir zu, als ich ihm Fragen über sein Verhältnis zu Friedrich Dossberg stelle.

„Es ist mir durchaus bewusst, dass wir alle an der Aufklärung dieser Abscheulichkeit mitarbeiten müssen", sagt er tonlos. „Doch da ich sehr darauf achte, dass die Bindung zwischen dem Dienstherren und dem Personal nicht zu eng wird, kann ich Ihnen vermutlich nur wenig weiterhelfen. Ich habe Herrn Dossberg immer als sehr aufgeschlossenen und freigeistigen Menschen erlebt. Sein Interesse für die Kunst und seine Toleranz gegenüber jedermann sind – zumindest für mich – sprichwörtlich."

„Hat er sich Ihnen gegenüber heute über etwaige persönliche Schwierigkeiten geäußert?"

„Ich habe Herrn Dossberg heute nur sehr kurz gesprochen. Dabei erwähnte er mir gegenüber nichts von Besonderheit."

SOPHIE MENZEL UND JOSEPH FISCHING

„Frau Menzel is' nich' zu sprechen!" Der Chauffeur Joseph Fisching macht mir unmissverständlich klar, dass ich nicht erwünscht bin. Durch die Tür zum Zimmer der Haushälterin kann ich sehen, dass Sophie sich immer noch von ihrem Ohnmachtsanfall erholt.

Zweites Kapitel

AUS DEM LEBEN EINER LEICHE

AUS DEM LEBEN EINER LEICHE

Die Standuhr schlägt gerade halb sieben, als ich von meinem Streifzug durch die Villa wieder in die Halle komme. In meinem Kopf schwirren Gedanken und Eindrücke herum, verbinden sich aber zu keinem klaren Bild. Es ist, als hätte ich ein Auto gegen die Wand gefahren und versuchte nun, den Ablauf der Ereignisse unter Schock zu rekapitulieren: ein ewiges Sich-im-Kreise-Drehen. Es ist Zeit für eine der „Notfallzigaretten", die ich seit meinem beherzten Versuch, das Rauchen aufzugeben, mit mir herumtrage. Mit gesenktem Blick gehe ich zur Garderobe und greife nach meiner Handtasche. Der vertraute Geruch aus dem Inneren, die so oft gefühlte Oberfläche des schwarzen Kunstleders geben mir ein Gefühl von Realität. Nein, ich träume wirklich nicht.

Der erste Zug an der Zigarette ist wie üblich unangenehm und mit metallischem Geschmack verbunden, aber ich kann mir einbilden, zur Ruhe zu kommen. Gedanklich gehe ich die Erkenntnisse, die ich in der letzten halben Stunde gesammelt habe, noch einmal durch. Dann schiebt sich wieder das Bild meines toten Vaters vor mein inneres Auge. Ich dachte, endlich gelernt zu haben, mit all der Unwissenheit umzugehen, ihn loszulassen. Aber plötzlich ist sie wieder da, die Frage, die immer im hintersten Winkel meines Schädels lauert und bei jeder sich bietenden Gelegenheit hervorspringt. Wer hat ihm das antun können? Wer erschlägt einen alten Mann der Brieftasche wegen? Wer? Im Gefolge dieser Frage kommt immer auch das Schuldgefühl, den Täter nicht gestellt zu haben. Ich weiß, dass dieser Gedanke absurd ist. Der Kopf weiß, das Herz fühlt, und die Verbindung zwischen beiden ist äußerst fragil. Ich weiß es, aber ich fühle mich trotzdem schuldig, weil ich ihm nicht habe helfen können, weil ich nicht einmal den Mörder seiner gerechten Strafe habe zuführen können.

Eva Dossberg, die trauernde Witwe, ist mittlerweile in ein schlichtes schwarzes Seidenkostüm gekleidet. Sie steht ein wenig abseits der Sitzgruppe. Obwohl ihr der Schock noch immer anzusehen ist, sind die Tränen bereits getrocknet. Ihr Bruder Bertram Janssen befindet sich im gedämpften Gespräch mit ihr. Seine energische Gestik und der bestimmte Tonfall seiner Stimme weisen darauf hin, dass er ihr etwas ausreden will. Doch Eva scheint auf ihrem Standpunkt zu beharren.

Auf einem der Sessel der kleinen Sitzgruppe thront Donatella Verucini.

Sie hat ihr linkes Bein hochgelegt und massiert den Knöchel von Zeit zu Zeit vorsichtig, ständig darum bemüht, ihr buntes Sommerkleid zu bändigen, dessen Schnitt eine solche Sitzhaltung eigentlich nicht zulässt. Ab und zu schweift ihr Blick durch den Raum, doch ein Gesprächspartner will sich nicht finden.
Ihr gegenüber sitzt Jasmin von Hohengarten. Ihre Gestalt ragt kerzengerade aus dem niedrigen Sessel heraus und verleiht ihr damit den Habitus einer Statue. Der Qualm der Zigarette, von der Jasmin mit leicht zittrigen Fingern von Zeit zu Zeit einen Zug nimmt, hüllt sie ein und verstärkt damit den Eindruck einer mythischen Figur aus längst vergangenen Zeiten. Die Blicke, die Eva Dossberg ihr zuwirft, kommentiert sie mit konsequenter Nichtbeachtung.
Auch Peter Heilandt und Konrad Jacobi haben Platz genommen und warten in stummer Eintracht. Doch während der junge Kunstmaler mit der hohen Stirn und dem ausgeleierten weißen Leinenhemd sich nervös die Hände reibt und hin und wieder einen Schluck des bereitgestellten Kaffees nimmt, wirkt der ergraute Studienfreund des Mordopfers schläfrig und unaufgeregt.
Nur selten ist ein Räuspern oder ein Husten zu vernehmen, das von der hohen Decke widerhallt. Ansonsten lastet schwere Stille über dem Raum. Wir warten gespannt auf das Eintreffen der Polizei.
Als es an der Tür klingelt, eilt Wilhelm Bagunde aus der Küche und öffnet die Haustür. Wir alle straffen uns und blicken neugierig zum Eingang, als der Hausdiener die Neuankömmlinge hereinbittet.
Kommissar Jens Kolbing ist ein beleibter und energischer Mittvierziger mit kantigem Gesicht. Seine Haarpracht hat schon fülligere Zeiten erlebt. Mir fällt der helle Streifen um seinen rechten Ringfinger auf. Frisch geschieden, vermute ich. Der etwa 1,90 m große Körper des Kommissars steckt in einer Kombination aus hellbrauner Bundfaltenhose und anthrazitfarbenem Strickpullover. Letzterer umspannt den darunter befindlichen Bauch wie eine zweite Haut. Kolbings Kollegin Hedda Bosse-Liebich dürfte die Vierzig noch nicht überschritten haben, trägt eine ausgewachsene Dauerwelle und rückt sich beständig die modische Brille zurecht. Bei der Farbwahl ihrer Kleidung richtet sie sich nach der gängigen Konvention, die zu einer dunklen Hose ein helles Oberteil fordert. Im konkreten Fall bedeutet das: schwarze Jeans, rosa Bluse. Immerhin gut gemeint.

Nachdem sich alle Anwesenden vorgestellt haben und den Familienangehörigen von Friedrich Dossberg das Beileid ausgesprochen worden ist, beginnt Kolbing das Gespräch. Er wendet sich an den Hausdiener.
„Sie haben uns gerufen?"
„Richtig." Wilhelm Bagunde scheint trotz der Autorität des Kommissars kein bisschen nervös zu sein.
„Und Sie haben auch die Leiche entdeckt?"
„Nein. Das war Frau Menzel, unsere Haushälterin. Aber der Schock sitzt noch zu tief. Sie erholt sich von einer Ohnmacht auf ihrem Zimmer. Joseph Fisching, der Chauffeur, ist bei ihr."
„Nun gut. Dann fangen wir eben mit Ihnen an. Bitte erzählen Sie uns, was am heutigen Tag geschehen ist."
Wilhelm sammelt sich noch einmal und beginnt dann seinen Bericht.
„Herr Dossberg ließ sich heute Morgen von Joseph in die Firma fahren. Das war so gegen 10.00 Uhr. Frau Dossberg, die nicht zum Frühstück erschienen war, blieb bis 12.00 Uhr in ihrem Zimmer, nahm dann einen kleinen Imbiss zu sich und fuhr anschließend mit einem Taxi in die Stadt. Ich selbst verließ das Haus um 13.00 Uhr, um die letzten Besorgungen für den Abend zu machen. Sophie war ja viel zu beschäftigt, immerhin musste sie das Essen vorbereiten. Außerdem lasse ich es mir nie nehmen, höchstpersönlich für den Blumenschmuck zu sorgen. Wissen Sie, das ist eben nicht nur eine Frage der Farbwahl, sondern eine Frage des ganzen Ambiente." Während seines Berichts steht der Hausdiener wie immer kerzengerade und blickt abwechselnd Kolbing und Bosse-Liebich an.
„Nun ja, um 15.00 Uhr bin ich wieder hier eingetroffen. Kurze Zeit später, vielleicht waren es zwanzig Minuten, kam auch Frau Dossberg zurück. Sie begab sich nach oben, um auszuruhen und sich für den Abend vorzubereiten. Herr Dossberg und Joseph trafen gegen 15.30 Uhr ein, und während Herr Fisching sich zu Sophie in die Küche gesellte, verschwand Herr Dossberg in seinem privaten Zimmer im Obergeschoss. Er hatte sich ein paar Akten aus der Firma mitgebracht.
Donatella Verucini klingelte um 16.30 Uhr. Sie hatte sich für diese Zeit angekündigt, weil sie sich noch um die letzten Vorbereitungen für ihre Ausstellung in der Galerie kümmern musste. Als ich öffnete, sah ich, dass sie sich auf einen Gehstock stützte. Sie ersuchte sogleich, in das Gästezimmer gelassen zu werden. Ihr Knöchel sei verstaucht und sie wolle das Bein hochlegen. Also geleitete ich sie hinauf und deckte dann

die Tafel im Speisesaal ein.
Etwa eine Viertelstunde später sah ich Herrn Dossberg aus dem Obergeschoss kommen. Er hatte eine Mappe bei sich. Eine von der Art, die er nutzte, um Gemälde oder Zeichnungen im Safe der Galerie aufzubewahren. Er hieß mich, einen Earl Grey zuzubereiten. Um 17.00 Uhr, so sagte er, habe er eine Besprechung, für die der Tee bereitstehen solle. Außerdem bat er mich, die Vorhänge im Arbeitszimmer zuzuziehen. Ich tat wie mir geheißen. Um 17.00 Uhr traf Herr Jacobi ein, den ich ins Arbeitszimmer geleitete.
Gegen 17.10 Uhr läutete dann Herr Heilandt, der sich nach Frau Verucini erkundigte, dann jedoch mit dem Salon vorliebnahm, da die Signora ja schlief.
Keine fünf Minuten später kam Herr Jacobi aus dem Arbeitszimmer. Er war sehr aufgebracht und ging ohne ein Wort des Abschieds zu seinem Wagen. Doch als er diesen starten wollte, sprang der Motor zwar kurz an, verstummte dann aber schon wenige Sekunden darauf wieder. Auch eine Inspektion des Motorraums durch Herrn Jacobi ergab keinerlei Änderung der Situation. Durch dieses Ereignis keineswegs freundlicher gestimmt, bat er mich den Pannendienst zu rufen. Die verdammte Karre, so drückte er sich aus, habe den Geist aufgegeben. Ich bot ihm also einen Platz in der Halle an und ging zum Telefon in der Küche.
Als der Pannendienst verständigt war, begab ich mich zum Arbeitszimmer und fragte Herrn Dossberg, ob er noch einen Wunsch habe. Er bat mich, ihn in der folgenden halben Stunde nicht zu stören. Das war gegen 17.30 Uhr. Nun ja. Ich kümmerte mich sodann um den Kies in der Auffahrt, der noch geharkt werden wollte. Um 18.00 Uhr trafen Frau von Hohengarten, Herr Janssen und kurz darauf auch Frau Neufeld ein. Und wenige Augenblicke später entdeckte Sophie schließlich die Leiche."
„Gut, gut." Kolbing massiert seine breite Stirn. „Dann … ähm …"
Hedda Bosse-Liebich übernimmt. „Wie lange sind Sie und Ihre Kollegen schon im Hause beschäftigt?" Die Strenge in ihrer Stimme wird von dem verbindlichen Gesichtsausdruck nur zu Teilen gemildert.
„Sophie Menzel und ich traten unseren Dienst gemeinsam vor achteinhalb Jahren an. Joseph Fisching ist vor zwei Jahren zu uns gestoßen, nachdem sein Vorgänger ein Alkoholproblem nicht mehr verheimlichen konnte."

„Und leben Sie alle hier in der Villa?"
„Sophie und ich haben eigene Räumlichkeiten im Souterrain. Joseph wohnt außerhalb, verbringt die Werktage aber meist hier beziehungsweise in der Firma. Am Wochenende arbeitet er nur in Ausnahmefällen."
Kolbing greift wieder ins Gespräch ein. „Gab es irgendein besonderes Ereignis in der letzten Zeit oder hat Herr Dossberg vielleicht irgendetwas gesagt oder getan, dass Sie als wichtig erachten?"
„Nun, also ..." Wilhelm windet sich. Es ist ihm anzusehen, dass er lieber schweigen würde. Dennoch ringt er sich zu einer Aussage durch.
„Seit letztem Monat hat sich doch so manches geändert. Im Privatleben des Herrn Dossberg. Wenn Sie verstehen, was ich meine."
„Nein, wir verstehen nicht." Bosse-Liebich versucht ein strenges, aber verbindliches Gesicht zu machen, während Kolbing eine Miene zu unterdrücken versucht, die sagen will: „Oh ja, ich verstehe nur zu gut."
„Wenn mich auch die privaten Angelegenheiten der Dossbergs nichts angehen, so muss ich doch darauf hinweisen, dass das Klima zwischen Herrn und Frau Dossberg nicht eben das beste war."
„Ich wüsste nicht, warum das jetzt Thema werden sollte", mischt sich Eva Dossberg ein. „Das ging nur Friedrich und mich etwas an."
„Bei allem Verständnis für Ihre Situation, Frau Dossberg", Hedda Bosse-Liebich rückt sich die Brille zurecht, „müssen wir darauf bestehen, dass alle relevanten Fakten auf den Tisch kommen." Sie wendet sich wieder dem Hausdiener zu. „Bitte fahren Sie fort."
„Ich möchte meinen, dass der letzte Besuch von Frau von Hohengarten in diesem Hause maßgeblich dazu beigetragen hat. Die näheren Umstände und Hintergründe kenne ich nicht, aber Tatsache ist doch, dass Frau von Hohengarten am 13. August hier gewesen, nach einer ziemlich lautstarken Auseinandersetzung mit Herrn Dossberg wieder gegangen und seitdem bis zum heutigen Tag nicht mehr zu Besuch gekommen ist. Und das tat sie sonst manchmal einmal in der Woche, um geschäftliche Dinge zu besprechen. Und auch wenn das Klima zwischen Herrn und Frau Dossberg seit Mitte Februar dieses Jahres ... nun ... sagen wir unterkühlt war, so war es nun wahrlich frostig."
„Was wollen Sie damit andeuten?" Jasmin von Hohengarten lehnt sich betont lässig in ihrem Sessel zurück und zieht an ihrer Zigarette.
„Wie Sie schon sagten, mein Lieber: Wir haben geschäftliche Dinge besprochen. Manche Themen sollte man tunlichst nicht im Büro

anschneiden. Da haben die Wände Ohren."

„Er will damit sagen, dass Sie schon damals an Friedrichs Grab geschaufelt haben." Urplötzlich scheint alle hanseatische Gelassenheit von Eva Dossberg abzufallen. Mit drei schnellen Schritten stürmt sie auf die sich jetzt ebenfalls erhebende Hohengarten zu. „Sie haben unseren Ruf doch immer schon in den Dreck gezogen. Und jetzt suhlen Sie sich in Ihrem Erfolg. Ja, jetzt ernten Sie die Früchte. Alles wird öffentlich. Schämen sollten Sie sich."

„Ruhig, Eva." Bertram Janssen hält seine Schwester zurück. „Das ist jetzt nicht der richtige Zeitpunkt."

„Und wann ist der richtige Zeitpunkt Deiner Meinung nach?" Evas Zorn richtet sich nun gegen ihren Bruder. Ihre Stimme allerdings wird kühler. „Du wartest immer so lange bis alles zu spät ist. Zum Vorbild hast Du Dich noch nie geeignet. Also erzähl' mir nicht, was ich zu tun habe."

Der Dolchstoß hat gesessen. Bertram Janssen dreht seiner Schwester den Rücken zu und entfernt sich in Richtung Salon.

Beschämt blickt Wilhelm Bagunde zu Boden. Offenbar ist ihm die Indiskretion äußerst peinlich. Sichtlich erregt greift er mit den Händen ins Leere, als suche er nach einem imaginären Halt. Dann bändigt er sich, indem er die Hände faltet, und wechselt das Thema.

„Zu einem weiteren denkwürdigen Ereignis kam es dann am 16. August, als Herr Dossberg hier im Hause ein Abendessen für Galeristen und alle je von ihm unterstützten Künstler gab. Anlass war eine Ausstellung der Donatella Verucini, die sich mit einem neuen Werkstoff befasst hatte. Es handelte sich um ..." Wilhelm räuspert sich. Es ist offensichtlich, dass er die Begeisterung seines Dienstherrn für moderne Kunst nicht teilen kann. „... um Knetgummi."

„Knetgummi?!" Die italienische Malerin springt auf, außer sich vor Wut. Allerdings scheinen Donatella die Worte zu fehlen. Mit hochrotem Kopf, nach Luft schnappend, stampft sie theatralisch mit dem Fuß auf, begnügt sich aber ansonsten mit einigen giftigen Blicken in Richtung Hausdiener.

Bagunde bemüht sich, den Wutausbruch zu ignorieren und fährt fort: „Als sich die Gesellschaft zu Scotch und Port in den Salon begab, bemerkte Herr Dossberg, dass sein Schlüsselbund mit allen Schlüsseln für Firma und Villa abhanden gekommen war. Wir suchten, aber wir fanden nichts. Am Ende des Abends entdeckte ich den Schlüssel dann unter dem Sofa im Salon und gab ihn Herrn Dossberg zurück. Er wollte sofort den Safe in der Galerie überprüfen und ich kam mit ihm. Er untersuchte den Inhalt des Safes, kam aber zu dem Schluss, dass nichts fehlte. Dennoch machte ihn die Sache stutzig, weil er fest davon überzeugt war, dass er den Schlüssel zweimal im Schloss gedreht hatte, als er den Safe zum letzten Mal verschlossen hatte. Zum Öffnen jedoch hatte er nun nur eine Drehung benötigt."

Es klingelt an der Tür. Wilhelm Bagunde ist sichtlich erleichtert, sich aus der Affäre ziehen zu können. Er öffnet und lässt drei übermüdet wirkende Männer ins Haus.

„Die Herren von der Spurensicherung", stellt Kolbing sie vor. „Verehrte Herrschaften, ich muss Sie bitten, das Haus nicht zu verlassen, während wir uns den Tatort ansehen."

Nachdem sich die Polizei auf den Weg in Friedrich Dossbergs Arbeitszimmer gemacht hat, ist die Atmosphäre noch angespannter als vor einer halben Stunde. Eva Dossberg wirft Jasmin von Hohengarten zum Töten geeignete Blicke zu, die Mimik der Abteilungsleiterin dagegen lässt nicht auf etwaige Gefühlsregungen schließen.

„Wie wäre es mit einem Drink?" Peter Heilandt hat anscheinend beschlossen, die unangenehme Situation etwas aufzulockern. „Ich könnte ein paar Martinis mixen." Da der Maler keine Antwort erhält, versucht er es auf eine andere Weise. „Oder ein wenig Musik?"

„Sie wollen doch jetzt wohl keine Party feiern?" Donatella Verucini schüttelt verständnislos den Kopf. „Was sind Sie nur für ein Ignorant." Heilandt gibt sich geschlagen und verschwindet ins Wohnzimmer.

Auch ich fühle mich von der vor Zorn und Kummer überladenen Stimmung in der Halle abgestoßen. Der Tod von Friedrich Dossberg scheint eine gewaltige Welle ausgelöst zu haben, die die Illusion seines oberflächlich gut situierten Lebens hinfortgespült und nur Ruinen zwischenmenschlicher Tragödien zurückgelassen hat. Ein leises Grauen überkommt mich, als ich daran denke, welche Geheimnisse das Leben des vielseitigen Immobilienkaufmanns wohl noch umranken, wie viele Tragödien heute Abend noch zutage gefördert werden.

Nun schicken Sie Clara Neufeld wieder auf Spurensuche. Gehen Sie dabei genau wie im ersten Kapitel vor. Suchen Sie sich aus der nachfolgenden

Übersicht einen oder mehrere Räume der Villa aus, die Sie einer näheren Inspektion unterziehen wollen. Dann bestimmen Sie eine beliebige Anzahl Verdächtige, mit denen Sie ein wenig plaudern möchten. Wie üblich ist die Reihenfolge, in der Sie die Textpassagen lesen, Ihnen überlassen. Sämtliche Ermittlungen in den Räumen und bei den Verhören sowie die Inanspruchnahme des Fingerzeigs für dieses Kapitel müssen notiert werden (Umschlagseite III).
*Anschließend lesen Sie das dritte Kapitel **„Folgenschwere Telefonate"** (Seite 81).*

ÜBERSICHT
zur Auswahl der weiteren Textpassagen

SPURENSICHERUNG *(Die Räume der Villa)*	*Seite*
OG – Gästezimmer	63
OG – Schlafzimmer	63
OG – Zimmer von Eva Dossberg	64
OG – Zimmer von Friedrich Dossberg	64
OG – Galerie	65
OG – Badezimmer	66
EG – Arbeitszimmer von Friedrich Dossberg	66
EG – Speisezimmer	67
EG – Wohnzimmer	67
EG – Salon	67
EG – Gäste-WC	68
EG – Küche	68
UG – Zimmer von Wilhelm Bagunde	69
UG – Keller und Lager	69
UG – Zimmer von Sophie Menzel	69
UG – Wäsche- und Heizungskeller	70
UG – Bad	70
UG – offene Kellerräume	71
UG – Speisekammer	71
UG – Garage	71
A – Außenbereich, Garten der Villa	71

VERHÖRE *(Die anwesenden Personen)*	*Seite*
Eva Dossberg, Friedrichs Ehefrau (44)	*73*
Bertram Janssen, Friedrichs Schwager (43)	*74*
Jasmin von Hohengarten,	
Abteilungsleiterin bei Janssen & Dossberg (41)	*75*
Peter Heilandt, Kunstmaler (44)	*76*
Donatella Verucini, Kunstmalerin (33)	*77*
Konrad Jacobi, Friedrichs Studienfreund (42)	*78*
Wilhelm Bagunde, Hausdiener der Dossbergs (50)	*78*
Sophie Menzel, Haushälterin der Dossbergs (34)	*79*
Joseph Fisching, Chauffeur der Dossbergs (38)	*79*

FINGERZEIG ZUM ZWEITEN KAPITEL *Seite 172*

SPURENSICHERUNG

OG – DAS GÄSTEZIMMER

Durch den zugezogenen dunkelgrauen Vorhang können die letzten goldenen Strahlen der Septembersonne nicht dringen. Im Halbdunkel stehend, lasse ich meinen Blick durch den karg möblierten Raum schweifen. Das Gästezimmer strahlt ebenso viel Persönlichkeit und Wärme aus wie ein gerade verlassenes Hotelzimmer.

Nur zwei Dinge stechen aus der Tristesse des Ortes heraus: ein Gehstock und eine stark nach Parfüm duftende Damenhandtasche. Der an die Wand zwischen Bett und Schreibtisch gelehnte Gehstock weist einen Durchmesser von etwa 4 cm auf. Mir fallen die aufwendigen Intarsien in Form von Blumenranken auf, die sich in verwirrendem Spiel um den Schaft winden und an dessen unterem Ende in ein metallenes Gewinde münden.

Im Inneren der auf dem Bett liegenden Tasche finde ich einen undichten Parfüm-Flakon und einen Terminkalender, aus dem ein Briefumschlag – an Donatella Verucinis Hamburger Anschrift adressiert – herausragt. Leider ist der am 13. Juni 2003 in Rom abgestempelte Brief in italienischer Sprache verfasst und so enthüllt mir die Lektüre der eng geschriebenen Zeilen nur wenig. Von einer *famiglia* ist da oft die Rede, ebenso wie vom *papà*, der sich mit den falschen Leuten eingelassen hat und nun Angst hat, nicht genügend Geld für die ominöse *famiglia* auftreiben zu können.

OG – DAS SCHLAFZIMMER

Das eher kleine Doppelbett im Schlafzimmer ist nur auf der einen Seite bezogen. Die andere Seite ist leer. An den Wänden hängen ein Degas und ein Monet.

Der üppige Kleiderschrank ist gefüllt mit Anzügen für den Herrn und Abendgarderobe für die Dame. Nur vereinzelt lassen sich Freizeit- und Sportbekleidung erkennen.

Auf dem Nachttischchen neben der bezogenen Seite des Bettes liegt eine Unzahl von benutzten Taschentüchern. Auf der Anrichte finde ich ein leeres Weinglas und zwei Flaschen roten Burgunder – ebenfalls leer.

OG – DAS ZIMMER VON EVA DOSSBERG

Obwohl Eva als eher kühl und diszipliniert gilt, enthüllt die Untersuchung ihres Zimmers einen völlig entgegengesetzten Wesenszug. Das herrschende Chaos aus allerlei Malutensilien zeugt von einem vielschichtigen Innenleben.

Mit einem mulmigen Gefühl nähere ich mich dem Schreibtisch. Die Untersuchung der persönlichen Unterlagen der Hausherrin erscheint mir eigentlich zu gewagt. Doch dann siegt die Neugier. Und mein beherztes Vorgehen wird belohnt. Ein kleiner Zettel von zartrosa Farbe, der zuoberst in einer der Schubladen liegt, erregt meine Aufmerksamkeit (s. Abb. 3).

Ein lautes, schrilles Geräusch lässt mich zusammenfahren. Der Zettel entgleitet meinen Händen und fällt unter den Schreibtisch. Mit angehaltenem Atem wirbele ich zur Tür herum, da schrillt es noch einmal – hinter meinem Rücken. Wieder wirbele ich herum. Dann ein Klicken. Ruhe.

„Hier spricht der automatische Anrufbeantworter von Eva Dossberg. Bitte hinterlassen Sie Ihre Nachricht nach dem Piep." Piep.

„Eva? Hier ist Isolde. Ich habe gerade erfahren, was passiert ist. Ich weiß gar nicht, was ich sagen soll. Du kannst mich jederzeit anrufen. Ich bin für Dich da. Ich melde mich wieder. Bis bald."

Ein paar Sekunden bleibe ich völlig regungslos stehen und horche. Doch auf dem Gang bleibt alles ruhig. Schnell bücke ich mich unter den Schreibtisch, hebe den heruntergefallenen Zettel auf und lege ihn zurück in die Schublade. Dabei fällt mein Blick auf zwei weitere Schriftstücke. Es sind Faxe einer Detektei (s. Abb. 4).

OG – DAS ZIMMER VON FRIEDRICH DOSSBERG

Das ganz im asiatischen Stil eingerichtete Zimmer präsentiert sich vor allem unaufgeräumt. Auf dem Sofa liegt zerknautschtes Bettzeug, das Regal quillt vor Büchern über, der Schreibtisch ist Heimstatt für drei ansehnliche Türme aus Akten und losen Papieren. Zu oberst liegt ein Ordner mit der Aufschrift *J & D / Presse 2003*. Er enthält Zeitungsausschnitte. Der letzte Eintrag ist auf den 17. September datiert (s. Abb. 1). In den Ordner ist ein loses Blatt eingelegt (s. Abb. 2). Im Regal finde ich außerdem eine Sammlung von Ordnern, die Friedrich Dossberg über die Lebensläufe der von ihm betreuten KünstlerInnen

angelegt hat. Der Ordner von Donatella Verucini enthält einen kurzen Lebenslauf der Künstlerin *(geb. 16. März 1970 in Rom, Vater Koch, Mutter Museumsangestellte, Kunststudium in Rom 1993 abgeschlossen)* und eine Auflistung von Ausstellungen in Italien und Deutschland. Der Rest des Textes bezieht sich auf die Werke, die Donatella gemalt hat. Allerdings kann ich bei der Lektüre nichts Auffälliges entdecken.
Die Mappe von Peter Heilandt ist auffallend leer. Ich erfahre nichts über seine Person, nichts über seinen Lebenslauf – und anscheinend hat er weder Ausstellungen gehabt noch Bilder verkauft.

OG – DIE GALERIE

Das kühle Interieur der Galerie empfängt mich mit seinen schneeweißen Wänden und den blassblauen Glühbirnen, die in die vergitterten etwa 30 cm tiefen Bodenschluchten eingelassen sind. Die Reflexion des Lichts auf den schneeweißen Wänden lässt mich frösteln. Zwei der Stellwände zeigen Bilder der Donatella Verucini, die mittlere Stellwand hingegen präsentiert Zeitungsausschnitte aus der Kritikerkarriere Friedrich Dossbergs, wie die Überschrift *Meine Kritiken* unschwer erkennen lässt. Alljährlich widmet sich der Hausherr einem Jahr dieser Karriere, heute 1988 (s. Abb. 7).
Während ich über die Gitter der Bodenleuchten hinwegschreite, flirren groteske Schatten um mich herum. Friedrich hat mir einmal erzählt, dass der gesamte Raum eine Installation des Licht-Künstlers Horst Hennrichs darstellt, dessen Name mir aber später nie wieder begegnet ist. Ziel ist es gewesen, die Besucher der Galerie zum Teil einer jeden Ausstellung zu machen, indem die Lichtquellen – von unten nach oben strahlend – die Schatten der Gäste an Decke und Wände projizieren.
Dann stehe ich vor dem Safe. Doch da dieser fest verschlossen ist, wende ich mich wieder zum Gehen. Dabei trifft ein Lichtblitz aus einer der Bodenschluchten meine Augen. Als ich mich hinunterbeuge, erkenne ich eine kleine Metallkappe mit Innengewinde von etwa 4 cm Durchmesser, die auf dem Boden der Vertiefung liegt.
Schließlich lasse ich meinen Blick noch über die Bilder von Donatella Verucini schweifen. Dabei sticht eines ganz besonders hervor. Es trägt keinen Titel. Dargestellt ist ein Blumenstrauß in Formauflösung, der mit nur einer einzigen Farbe gemalt ist. Blau. Zusammen mit der Beleuchtung im Raum ergibt sich ein gespenstisches schwaches Glühen,

das von der Leinwand ausgeht. Das Schild rechts unten neben dem Rahmen klärt über die Machart des Werkes auf: *Aquarell auf Papier*.

OG – DAS BADEZIMMER

Das Waschbecken ist über und über mit graubraunen Schlammspritzern beschmiert. Auch das daneben am Boden liegende Frotteehandtuch ist besudelt.
Ansonsten ist das Badezimmer auffallend sauber und aufgeräumt. Ein Foto des Raumes könnte ungeschönt in einem Einrichtungsmagazin erscheinen.
Die Schränke über den Waschbecken enthalten ein Sammelsurium der verschiedensten Cremetöpfchen, Salbentiegel, Parfüm-Flakons und Puderdöschen. Ich hoffe, die Hausherrin nimmt es mir nicht übel, wenn ich mich kurz selbst bediene und mich ein wenig auffrische. Bei der Suche nach den geeigneten Ingredienzien für meine Gesichtsaufwertung bemerke ich, dass Eva eine Vorliebe für pastellige Farben hat. Nichts für mich. Ich verzichte auf die Weichzeichner und verlasse den Raum wieder.

EG – DAS ARBEITSZIMMER VON FRIEDRICH DOSSBERG

„Wir versuchen hier Ermittlungen anzustellen." Entnervt weist Kommissar Kolbing mir den Weg zur Tür. „Stören Sie uns bitte nicht." Im Hintergrund sehe ich die Männer von der Spurensicherung hektisch im Zimmer hin- und herlaufen. Immer wieder durchbricht das Blitzlicht des Fotografen die Düsternis.
„Darf ich mal?" Eine Hand schiebt mich zur Seite.
„Ah, Dr. Schmidt", begrüßt Kolbing den Neuankömmling. „Schön, dass Sie so schnell hier sein konnten."
Während der Kommissar und der Arzt sich um die Leiche kümmern, erhasche ich noch einen Blick auf ein Fax, das einer der Spurensicherer gerade in eine Klarsichthülle steckt. Es stammt vom *Hotel del Sol* aus La Coruña und ist auf den heutigen Tag datiert.
„Es wäre wirklich sehr freundlich, wenn Sie uns unsere Arbeit machen ließen." Hedda Bosse-Liebich schließt sanft, aber bestimmt die Tür vor meiner Nase.

EG – DAS SPEISEZIMMER

Die Tür zum Speisezimmer ist weit geöffnet. Ich sehe den Hausdiener am übergroßen Tisch stehen und die Gedecke auf ein monströses Tablett stapeln.
„Ein Jammer", sagt er, als er mich sieht. „Das Menü war von erlesener Qualität." Schwärmerisch lässt er die Hände sinken, die gerade zwei der polierten silbernen Kerzenleuchter halten. „Salbeilachs im Teigmantel an Rucola mit Walnuss-Vinaigrette. Das war meine Idee, wissen Sie?"
Mir fällt keine adäquate Antwort ein. Ich finde es fast pietätlos, in dieser Situation über das Essen zu fachsimpeln. Dann aber fällt mir auf, dass Wilhelm nur mit Mühe die Tränen zurückhalten kann. Er klammert sich an seine Arbeit, um diesen Abend durchzustehen. Das sei ihm gegönnt, denke ich.

EG – DAS WOHNZIMMER

Durch die geöffnete Tür kann ich von der Halle aus das Wohnzimmer einsehen. Auf dem seidenüberzogenen Sofa sitzt Peter Heilandt mit einem Glas Scotch in der Hand. Als ich eintrete, stellt er das Glas mit betretener Miene zurück auf das niedrige Mahagonitischchen.
„Das stand hier schon", erklärt er schuldbewusst. „Ich dachte, ich könnte einen Schluck vertragen."
Die gediegene Gemütlichkeit des Raumes wird durch das voluminöse Blumenbouquet auf dem Tisch und die Musik, die aus der Stereoanlage dringt, noch unterstützt.
„Klassische Musik." Wieder richtet Heilandt das Wort an mich. „Nur mit so was kann ich zur Ruhe kommen."
„Kann ich gut verstehen", pflichte ich ihm bei. Ich will seine Ruhe nicht über Gebühr strapazieren und verlasse das Wohnzimmer.

EG – DER SALON

Schon auf dem Weg in den Salon dringt die Musik von Mahlers Auferstehungssinfonie an meine Ohren. Als ich den Raum betrete, sehe ich Bertram Janssen mit dem Rücken zu mir am Fenster stehen und auf die Hofeinfahrt blicken. Er scheint ganz in sich versunken zu sein. Ab und an streicht er sich mit der linken Hand über die Augen, in der rechten hält er einen Cognacschwenker.
Ich will den Schwager des Mordopfers nicht stören und lasse deshalb

den Blick von der Tür aus durch den Raum schweifen.
Der Salon ist das Prunkstück der Villa. Als Teil des Turmes bilden die Wände einen Halbkreis um das vornehmlich viktorianische Inventar. Blickfang ist der Flügel, auf dem Friedrich Dossberg gern, oft und gut gespielt hat. Neben dem Regal sind die Geburtstagsgeschenke aufgebaut, die er nie mehr wird auspacken können.
Den Kamin in der Nische neben der Tür kann ich nicht einsehen. Den Geräuschen nach ist er aber befeuert, dem Geruch nach verbrennt dort etwas Ungewöhnliches.

EG – DAS GÄSTE-WC

Die Tür ist abgeschlossen.
„Einen Moment", ertönt es aus dem Inneren.
Wenige Augenblicke später öffnet Konrad Jacobi die Tür und bedeutet mir mit einem Lächeln, dass das WC nun frei sei. Dann macht er sich auf den Weg zurück zu seinem Platz in der Halle.
Glücklicherweise ist das Fenster geöffnet, denn ansonsten hätte ich auf die Untersuchung des Abortes wohl verzichten müssen. Viel gibt es ohnehin nicht zu entdecken. Das winzige Schränkchen bietet gerade genug Platz für zwei Stapel frischer kleiner Handtücher, im Regal lagern diverse Seifenstückchen und Parfümproben. Auf dem Boden zwischen Regal und Waschbecken liegt eine aus einem Magazin ausgerissene Seite. Der Artikel darauf befasst sich mit dem Thema Antiquitäten im Allgemeinen und mit klassizistischen Sitzmöbeln im Speziellen. Der auf einem nebenstehenden Foto abgebildete Sessel mit flacher Rückenlehne in Medaillonform, den die Bildunterschrift dem Louisseize zuordnet, würde gut in mein Arbeitszimmer passen.

EG – DIE KÜCHE

Die Küche ist sehr modern eingerichtet. Hier wurde dem speziellen Geschmack des Hausherrn Rechnung getragen: Neben dem Gasherd befindet sich ein elektrisch betriebener Pizzaofen.
Tisch und Arbeitsflächen sind vollgestellt mit allerlei frischem Gemüse, gehackten Zwiebeln und einer Vielzahl an Schüsseln, Töpfen und Pfannen. Hier findet sich eine noch ungesalzene Vinaigrette für den Salat, dort erkalteter Eierstich, der auf seinen Anschnitt wartet. Auf der Arbeitsfläche direkt neben der Tür steht ein Telefon.

UG – DAS ZIMMER VON WILHELM BAGUNDE

Der Geruch der im Zimmer lagernden Blumen erfüllt den gesamten Raum. Obwohl ich mir einbilde, nicht völlig unbelesen in der Welt der Floristik zu sein, kann ich nur ein knappes Drittel der blühenden Pracht mit Namen benennen.

Selbst auf dem Schreibtisch steht Vase an Vase gereiht. Einziges offen zugängliches Schriftstück ist eine Ergänzung zur Gästeliste für den heutigen Abend (s. Abb. 6).

Der kleine Nachtkasten enthüllt noch eine andere Vorliebe des Hausdieners: Der große Stapel Bücher, mit denen Wilhelm Bagunde sich in den Schlaf liest, besteht ausschließlich aus Kriminalliteratur. Alle namhaften Autoren von Conan Doyle bis Mankell sind vertreten.

UG – KELLER UND LAGER

Der große fensterlose Raum ist ausgestattet mit einem riesigen Regal und zwei Schränken, in denen zahllose Dinge lagern. Alte Bilderrahmen, Podeste für Skulpturen, kaputte Stühle und zerschlissene Polstermöbel stehen kreuz und quer in der Mitte des Kellers.

Ein Teil des großen Regals ist reserviert für Mappen, in denen Gemälde und Zeichnungen der von Dossberg unterstützten Künstler lagern. Da sie alphabetisch geordnet sind, finden sich die Mappen von Peter Heilandt und Donatella Verucini schnell. Während die Mappe der italienischen Malerin dick und schwer und ihr Inhalt mit zahllosen Notizzetteln (*für die Ausstellung im Goldbek-Museum, zur Vorlage in der Galerie Tannert, zum Verkauf an das Berliner Museum der Künste* usw.) beklebt ist, wartet die Mappe von Peter Heilandt mit nur fünf Ölgemälden auf. Die einzige Notiz auf der Mappe lautet: *unnütz*.

UG – DAS ZIMMER VON SOPHIE MENZEL

Fast lautlos klopfe ich an die Tür zu Sophie Menzels Zimmer. Aufgetan wird mir vom Chauffeur Joseph Fisching. Mit dem rechten Zeigefinger vor den Lippen bedeutet er mir, leise zu sein. Dann tritt er auf den Flur hinaus und zieht die Tür hinter sich zu.

„Sophie ist eingeschlafen. Ich glaub', es reicht, wenn sie zur Vernehmung durch die Polizei wieder auf die Beine kommt."

„Das kann ich verstehen. Bitte entschuldigen Sie die Störung."

Als Joseph das Zimmer wieder betritt, regt sich Sophie auf ihrem Bett.

Dann schließt der Chauffeur die Tür.
Einer Eingebung folgend, presse ich mein Ohr an die Tür und verfolge das Gespräch, das Sophie Menzel und Joseph Fisching miteinander führen.
„Ruh' Dich noch ein bisschen aus, Liebes", ertönt die Stimme des Chauffeurs.
„Nein. Ich muss aufstehen. Ich kann keine Ruhe finden. Nicht, solange ich nicht mit der Polizei über Heilandt gesprochen habe."
„Wie Du meinst."

UG – DER WÄSCHE- UND HEIZUNGSKELLER

Die Tür dieses Kellerraumes kann nur mit einem Schlüssel, der in der Außenseite des Türblatts steckt, geöffnet werden. Während meine Hand den Knauf der schweren feuerfesten Tür festhält und sie so am Zuschlagen hindert, lasse ich meinen Blick durch den Raum schweifen, entdecke aber nichts Bemerkenswertes. Heizkessel, Waschmaschine, Trockner und Wäscheleinen bilden das einzige Inventar des fensterlosen Raumes, in dem eine schwüle Wärme herrscht.

UG – DAS BAD

Das stille Örtchen der Hausangestellten ist verwaist, sieht man von den Silberfischen ab, die die unerreichbaren Ritzen in den Wänden bevölkern. Die flinken Tierchen bringen sich sofort in Sicherheit, als ich den Raum betrete. Eine eingehendere Untersuchung des Bodens erspare ich mir also lieber.
Das Badezimmer ist eines der konsequentesten Beispiele für die Einrichtungssünden der 70er Jahre, die ich je habe sehen müssen. Die pastellgrüne Sanitärkeramik vor den hellbraunen Fliesen erinnert mich an diejenigen Jahre meiner Kindheit, an die ich lieber nicht zurückdenken möchte.
Auffällig sind die vielen Toilettenartikel für den Herrn. Der Hausdiener Bagunde muss ein ausgeprägtes Hygienebedürfnis verspüren, während sich Sophie Menzel auf die Basispflege beschränken dürfte. Ich wage nicht zu erraten, wem der beiden Angestellten das Handtuch gehört, auf dem die bekannteste Maus der Welt abgebildet ist.
Schockiert von so viel Einblick in die Privatsphäre mir an sich unbekannter Menschen, verlasse ich das Badezimmer.

UG – DIE OFFENEN KELLERRÄUME
Im Kellergang schlagen mir die unterschiedlichsten Gerüche entgegen. Hier mischen sich die Dämpfe aus der Waschküche mit den herben Düften von Herren-Kosmetika, der typisch-muffige Kellergeruch mit dem beißenden Gestank von Autoabgasen aus der Garage.
Im Regal neben der Treppe stapelt sich allerlei Kurioses und Unbrauchbares. Auch der Rest der Räumlichkeiten ist angefüllt mit Kitsch und Krempel – allerdings gut sortiert und ordentlich verpackt in Kisten und Kartons auf Regalen und in Schränken.

UG – DIE SPEISEKAMMER
Ich betrete die Schatzkammer der Haushälterin voller Ehrerbietung für die hier gelagerten Delikatessen. Da sich mein Magen so kurz nach dem Auffinden von Friedrich Dossbergs Leiche allerdings gegen die Aufnahme von fester Nahrung wehrt, begnüge ich mich mit der Begutachtung des Raumes. Ich kann allerdings nichts Bemerkenswertes erkennen.

UG – DIE GARAGE
Die breite Limousine, die in der Garage steht, füllt den Raum fast vollständig aus. Ich muss mich eng an die Wand pressen, als ich die Tür öffne und mich auf den Rücksitz des Wagens gleiten lasse. Zugegebenermaßen bin ich ein bisschen neidisch auf die luxuriöse Ausstattung des Gefährts. Der großzügig gehaltene Fußraum und die weichen Ledersitze sind kein Vergleich zu den muffigen Schaumstoffpolstern meines kleinen Stadtflitzers.
Nachdem ich eine angemessene Zeitspanne gestaunt habe, wende ich mich dem Notebook zu, das neben mir auf dem Sitz liegt. Die Durchsuchung der Dateien ergibt leider nichts Aufschlussreiches. Allerdings finde ich zwei E-Mails, die auf der Festplatte gespeichert sind (s. Abb. 5).

A – AUSSENBEREICH, GARTEN DER VILLA
Durch die Eingangstür trete ich auf den geharkten Kies, der vor dem Haus eine Runde macht und den Weg zur Ausfahrt und zur Garage beschreibt. Hier steht auch der dunkelgrüne Wagen mit Hamburger Kennzeichen von Konrad Jacobi. Ich wende mich nach rechts und

steuere auf die beiden alten Eichen zu. Unter den Baumriesen angekommen, genieße ich die kühle Abendluft und die Stille des Gartens.
Die Spitzen des drei Meter hohen schmiedeeisernen Zaunes, der das gesamte Grundstück umgibt, blitzen in der Abendsonne. Das unablässige Getöse der Großstadt wird hier zu einem sanften Rauschen. Fast könnte man vergessen, was heute Abend geschehen ist.
Mein Weg führt mich weiter in den hinteren Bereich des Gartens. Am See, dessen Tiefen schon allein deshalb unergründlich bleiben müssen, weil das Wasser von einer unappetitlich moorigen Schwärze ist, bleibe ich stehen und lasse den Blick schweifen. Der Rasen ist akkurat gemäht, die Beete sauber geharkt, Bäume und Sträucher haben einen perfekten Wuchs. Dieser Garten ist mit einem einzigen Wort treffend zu umschreiben: langweilig.
Da ich langsam zu frösteln beginne, mache ich mich auf den Weg zurück in die Villa.

VERHÖRE

EVA DOSSBERG

Ich treffe Eva vor dem Speisezimmer, als sie sich gerade im Gespräch mit Wilhelm Bagunde befindet. Ihrer Miene ist zu entnehmen, dass sie ganz und gar nicht einverstanden ist mit den freimütigen Erzählungen ihres Angestellten.

„… Zügellosigkeit. Das wird Konsequenzen haben", höre ich sie mit schrillem Tonfall sagen. Doch als sie sieht, dass ich mich nähere, senkt sie die Stimme und zischt Wilhelm eine abschließende Bemerkung zu. Der Hausdiener wendet sich wortlos um und entschwindet ins Speisezimmer.

Eva zieht ein Taschentuch aus ihrem Ärmel, betupft sich energisch Stirn und Augenpartie und streicht eine lose Haarsträhne hinter ihr Ohr, bevor sie sich mir zuwendet. Ein verbindliches Lächeln macht aus ihr fast wieder die sichere Gastgeberin, die ich kenne.

„Es tut mir wirklich leid, dass Sie da mit hineingezogen werden. Aber ich denke, die Polizei wird hier bald fertig sein." Ihre Stimme zittert ein wenig.

„Stimmen die Angaben, die Wilhelm Bagunde eben gemacht hat?"

„Friedrich und ich hatten eine lange Zeit miteinander. Da gab es nicht nur schöne Tage. Aber letztlich war unsere Ehe zu stark, als dass eine dahergelaufene Schlampe sie hätte zerstören können." Ihr Blick verfinstert sich und sie ringt um eine feste Stimme. Allerdings kann sie ein gelegentliches Aufschluchzen nicht verhindern. „Friedrich hatte sich für mich entschieden. Das ist doch eindeutig. Aber wer hätte ahnen können, dass diese Unperson ihre verletzte Eitelkeit auf diese Weise zu kurieren versucht!"

„Ich denke, Sie wären jetzt gerne allein, oder?"

Sie presst die Lippen aufeinander und zwinkert ein paar Tränen aus den Augen.

„Ja", haucht sie. „Verstehen Sie das bitte nicht falsch. Es ist einfach alles zu viel für mich. Mir ist, als hätte man mir den Boden unter den Füßen weggezogen. Ich weiß einfach nicht, was ich machen soll. Ich komme gar nicht mehr zu mir."

BERTRAM JANSSEN

Einen vierfachen Cognac in der Hand schwenkend, blickt der Schwager des Mordopfers aus dem Fenster des Salons. Im Hintergrund ertönt die Auferstehungssinfonie von Mahler.

„Herr Janssen?", frage ich vorsichtig, als ich mich ihm nähere.

Als er den Kopf dreht, um mich über die Schulter anzublicken, sehe ich eine Träne über sein Gesicht rinnen.

„Es ist eine Katastrophe", sagt er. „Eine furchtbare Katastrophe. Tod und Verfall suchen diese Familie heim." Dann wendet er sich mir ganz zu und lehnt sich gegen die Fensterbank. Nachdem er einen tiefen Schluck aus seinem Glas genommen hat, streicht er sich mit der Hand über die Stirn. „Diese verdammte Eitelkeit."

„Wie meinen Sie das?"

„Ich hätte viel früher auf Friedrich zugehen sollen. Heute wollte ich das Kriegsbeil begraben. Heute sollte alles anders werden. Aber es ist wie bei einem Fluch." Er schenkt sich nach. „Egal, was ich anfange, es ist immer der schlechtmöglichste Zeitpunkt. Alles, was ich anfasse, wird zu Scheiße." Das Lachen, das sich aus seiner Kehle windet, ist das einsamste und traurigste Lachen, das ich seit langem gehört habe. „Es ist zu spät, mein Leben noch einmal in andere Bahnen zu lenken. Dafür habe ich zu viele Menschen verletzt. Das Einzige, was mir bleibt, ist die Aussöhnung mit meiner Vergangenheit. Ich ernte, was ich gesät habe. Ich bin einzig und allein selbst schuld daran."

„Sie meinen die Erbschaft, die Sie und Ihren Schwager entzweit hat?"

„Das wohl auch. Ja. Für meinen Vater war Friedrich immer der bessere Sohn. Das hat er mich bis zu seinem Tod spüren lassen. Dafür habe ich Friedrich gehasst."

„Haben Sie ihn deshalb auch getötet?" Schon während die Worte meinen Mund verlassen, bemerke ich, dass diese Frage nicht gerade von Sensibilität zeugt.

Mit einem weiteren Schluck leert Bertram sein Glas, beugt seinen Oberkörper nach vorn und starrt mich mit Raubvogelblick an.

„Was erlauben Sie sich eigentlich?", brüllt er plötzlich los. „Wenn Sie meinen, mit Ihrer Frauenzeitschriften-Psychologie Motive erfinden zu können, dann wünsche ich Ihnen viel Glück dabei. Aber unterstehen Sie sich, Ihre voyeuristischen kleinen Spielchen mit mir zu spielen. Ich brauche nicht mehr um die Anerkennung meines Vaters zu kämpfen.

Selbst wenn er noch leben würde. Ich habe mein Leben auf ein solides Fundament gestellt. Machen Sie mir nicht meine Vergangenheit zum Vorwurf! Davon verstehen Sie nämlich rein gar nichts!" Damit wendet er sich zum Gehen. An der Tür zur Halle bleibt er noch einmal stehen und blickt zurück. „Vielleicht kümmern Sie sich mal um die Leute, die hier aus dem Nichts plötzlich auftauchen, sich mit Friedrich treffen und eine Leiche im Arbeitszimmer zurücklassen, Frau Freud."

JASMIN VON HOHENGARTEN

„Zuerst habe ich ja nicht daran geglaubt, dass der Täter sich noch hier im Hause aufhält." Mit verschwörerischer Miene beugt sich Jasmin zum Aschenbecher und drückt eine Zigarette aus. „Aber je länger ich darüber nachdenke …"

„Haben Sie denn einen begründeten Verdacht gegen einen der Anwesenden?"

„Begründet? Meine Liebe! Begründet und absolut einleuchtend. Sagt Ihnen der Ausdruck Worst-Case-Szenario etwas?"

„Ein Gedankenspiel über den schlimmsten anzunehmenden Fall im Rahmen einer Unternehmung?", rate ich.

Jasmin scheint mir zu verzeihen, dass ich mein Fremdwörterlexikon nicht auswendig gelernt habe und nickt zustimmend.

„Sehen Sie, meine Liebe, vor zwei Jahren wurde in der Firma ein Dossier ausgearbeitet, das beschreibt, welche Optionen der Firma *Janssen & Dossberg* blieben, falls Friedrich Dossberg aus irgendeinem Grunde der Leitung des Unternehmens nicht mehr zur Verfügung stünde. Die Verfasser der Akten kommen zu dem Ergebnis, dass nur Bertram Janssen über die erforderliche Erfahrung und das Fachwissen verfüge und außerdem, da es sich bei der Immobilienfirma um ein traditionelles Familienunternehmen handele, ein Abkömmling der Janssens sei."

„Was ist mit Frau Dossberg? Könnte sie die Leitung nicht übernehmen?"

„Eva verfügt nicht über die erforderliche Erfahrung im Geschäft. Sie ist eine Hausfrau. Verstehen Sie mich nicht falsch. Sie ist eine kultivierte Gesellschafterin und eine interessierte Intellektuelle. Aber die Leitung einer Firma übernehmen? Nein, meine Liebe, das geht ihr nun wirklich über den Horizont."

„Sie mögen Frau Dossberg nicht besonders", stelle ich fest.

„Nun, wir sind zwei ganz unterschiedliche Persönlichkeiten."
„Aber Sie haben denselben Geschmack, was Männer anbetrifft?"
Jasmin zieht ihre ellenbogenlangen Handschuhe stramm und zündet sich eine Zigarette an, bevor sie meine Frage beantwortet.
„Dieses Gerücht, meine Liebe, beruht auf den Aussagen schmieriger Personalabteilungsleiter, deren eigenes Leben zu langweilig ist. Arme degenerierte Gartenzwerge, die glauben, es sei ein Beweis der eigenen Macht, wenn sie Gerüchte streuen."
„Aber der Hausdiener sagte doch …"
„Papperlapapp. War er bei der besagten Besprechung zugegen? Nein. Manche Entscheidungen die Firma betreffend lösten zwischen mir und Friedrich immer schon Streitigkeiten aus. Derzeit arbeiteten wir an verschiedenen Projekten, die diese Differenzen noch verschärften. Das ist alles."

PETER HEILANDT

Peter Heilandt sitzt auf dem Sofa im Wohnzimmer.
„Was sagen Sie zu der Aussage des Butlers?", frage ich ihn.
„Ehrlich gesagt, kann ich dazu überhaupt nichts sagen. Ich kenne die Familie und ihre Freunde ja kaum. Und wenn Herr Dossberg tatsächlich eine Affäre gehabt haben sollte, dann ist das eine Privatangelegenheit, die mich nichts angeht. Für mich war er lediglich ein Mäzen. Und ich bin froh, dass mir nichts passiert ist."
„Dass Ihnen nichts passiert ist?" Ungläubig blicke ich ihn an. „Was wollen Sie damit sagen?"
„Nun, es ist eben so, dass Herr Dossberg immer nur einen Künstler zurzeit unterstützt hat. Nicht etwa, weil er knauserig gewesen wäre, sondern einfach, weil er diesem einen Talent seine ganze Aufmerksamkeit widmen wollte. Und da er ein viel beschäftigter Mann gewesen ist, hätte er viel zu wenig Zeit gehabt, sich um eine ganze Gruppe zu kümmern. Schließlich ist er nicht nur Geldgeber gewesen, sondern war auch immer bemüht, seinen Schützlingen neue Perspektiven zu verschaffen. Sie wissen schon: Kontakte knüpfen zu Galeristen und so. Da hat er sich sehr reingehängt. Erst wenn er sicher war, dass der Künstler es auch ohne seine Hilfe schaffen würde, hat er sich einen neuen Protegé gesucht."
„Und?"

„Na, das heißt, dass er, als er mein Mäzen geworden ist, eine andere Künstlerin nicht mehr unterstützt hat. So etwas kann die Eitelkeit schon verletzen, wenn Sie verstehen, was ich meine."

DONATELLA VERUCINI

„Dieser Kulturbanause!" Mit einer theatralischen Geste unterstreicht Donatella ihren Ärger über den Hausdiener, als ich sie nach ihrer Meinung zu seiner Aussage frage. Dann rückt sie sich auf dem Sessel zurecht und streicht über ihr hochgelegtes Bein. „Knetgummi! Es handelte sich um Skulpturen aus formbarem Material, dessen Zusammensetzung überhaupt keine Rolle spielt. Entscheidend ist das Empfindungsvermögen des Künstlers, der daraus Werke von bleibendem Wert kreiert. Aber was rede ich da. Sie haben von so etwas doch auch keinen blassen Schimmer." Empört wendet sie sich von mir ab. Ich muss zugeben, dass mein unterdrücktes Grinsen wohl ebenso zu ihrer Erregung beigetragen hat, wie Wilhelms unglückliche Formulierung.

„Wie sind die Werke denn angekommen?", frage ich versöhnlich weiter.

„Ausnahmslos gut natürlich. Ich habe an diesem Abend viel Beifall bekommen. Mutige und progressive Werke haben die Kunstgeschichte immer beeinflusst. Wirkliche Kenner wissen das auch zu schätzen – und ich bin froh, ein Teil der Gemeinschaft zu sein, die Friedrich um sich versammelt hat, denn die weiß mit Kunst umzugehen. Abgesehen vom Personal natürlich. Es hat immer Menschen gegeben, die nichts Besseres zu tun hatten, als die Anstrengungen der großen Koryphäen als Schmutz zu bezeichnen. Jetzt weiß ich, wie Beuys sich fühlte, als man seine Badewanne zerstörte."

„Am 13. August waren Sie nicht zufällig auch in der Villa?"

„Um Himmels willen, nein. Aber wenn Sie sich mehr für die Klatschspalten als für das Feuilleton interessieren, bin ich ohnehin die falsche Ansprechpartnerin. Wenden Sie sich für so etwas an die frustrierten Hausfrauen in unserer Runde. Die können Ihnen – wahrscheinlich sogar aus erster Hand – von unglücklicher Liebe und kalter Rache erzählen."

KONRAD JACOBI

Konrad Jacobi reibt sich missmutig die grauen Schläfen und gähnt herzhaft. Dann wendet er sich einem Managermagazin zu, das auf dem Tisch in der Halle liegt.

„Darf ich Sie kurz stören?" Verwirrt blickt er mich an, als ich ihn anspreche.

„Was gibt's denn?"

„Ihre Gratulation an den Gastgeber muss ja sehr kurz gewesen sein. Laut Wilhelm Bagunde waren Sie nur eine Viertelstunde bei Herrn Dossberg im Arbeitszimmer."

„Und?"

„Gab es einen Streit zwischen Ihnen und dem Mordopfer?"

„Naja, es wird ohnehin zur Sprache kommen." Er zögert und reibt sich erneut die Schläfen.

„Was denn?", bohre ich weiter.

„Es gab einen Streit." Doch dann macht er eine abwinkende Geste. „Eine alte Sache aus der Studentenzeit." Er schmunzelt. „Nichts von Belang, aber Friedrich war eben ein sturer Bock. Da habe ich den langen Weg nach Hamburg gemacht, nur um mich dann um Kleinigkeiten zu streiten. Ach was. Die Toten soll man ruhen lassen, sage ich immer."

WILHELM BAGUNDE

„Ich habe eben einen erschöpfenden Bericht über jene Geschehnisse gegeben, von denen ich meine, dass sie zur Sprache kommen sollten. Mehr kann ich Ihnen im Augenblick nicht bieten", sagt der Hausdiener mit versteinerter Miene, während er den Tisch im Speisezimmer abdeckt.

„Hätte es nicht einen heimlichen Besucher geben können, der in der Zwischenzeit entflohen ist?", will ich wissen.

„Wie stellen Sie sich das vor? In dem Zeitraum zwischen meiner letzten Aufwartung bei Herrn Dossberg und dem Moment, in dem Sophie die Leiche entdeckte, stand ich in der Auffahrt. Niemand hätte ungesehen an mir vorbeikommen können. Und einen anderen Weg zum Grundstück gibt es nicht."

SOPHIE MENZEL UND JOSEPH FISCHING

„Die Frau Menzel muss sich von ihrer Ohnmacht erholen", belehrt mich der Chauffeur Joseph Fisching, als ich an der Zimmertür der Haushälterin klopfe. „Die Polizei will mit ihr reden und sie kriegt das Bild vom toten Dossberg einfach nich' aus'm Kopf. Das macht sie ganz fertig. Kommen Sie später wieder."
„Ich verstehe."

Drittes Kapitel

FOLGENSCHWERE TELEFONATE

FOLGENSCHWERE TELEFONATE

Zum gewohnten Glockenschlag – es ist 19.00 Uhr – finde ich mich wieder in der Halle ein. Auch Sophie Menzel und Joseph Fisching sind nun zugegen. Der Chauffeur steht hinter der Haushälterin an der geöffneten Küchentür. Die zierliche Gestalt von Sophie ist gegen seine breite Brust gelehnt. Nervös spielt sie mit den Bändern ihrer weißen Schürze.
Auch die Hausherrin zieht das Stehen dem Sitzen vor. In der rechten Hand hält sie ein Glas Rotwein, das sie gedankenverloren schwenkt.
Donatella Verucini hat ihren Sessel noch nicht ein einziges Mal verlassen. Mit schmerzverzerrtem Gesicht beugt sie sich zum hundertsten Mal über ihren linken Fuß und untersucht mit der Hand ihren Knöchel.
Jasmin von Hohengarten, Konrad Jacobi und Peter Heilandt haben ebenfalls Platz genommen – sie sind in ein leises Gespräch vertieft.
Bertram Janssen empfängt gerade ein Glas Cognac aus der Hand des Hausdieners. Den Inhalt stürzt er sofort hinunter. Dann gibt er das Glas an Wilhelm Bagunde zurück, der den Rest Alkohol aus der Flasche in den Schwenker gießt und daraufhin mit versteinerter Miene in die Küche geht, wohl um Nachschub zu besorgen.
Hedda Bosse-Liebich ist besonders freundlich, als sie die immer noch kalkweiße Haushälterin befragt. „Sie haben die Leiche gefunden?"
„Ja." Die Erinnerung an das Grauen droht ihr wieder die Besinnung zu nehmen, doch sie fasst sich.
„Erzählen Sie bitte von Anfang an."
„Ich war den ganzen Tag in der Küche beschäftigt. Gegen 15.30 Uhr kam Joseph und half mir ein wenig bei den Vorbereitungen. Um 18.00 Uhr pflegt ... pflegte Herr Dossberg immer seinen Scotch zu nehmen. Also ging ich ins Arbeitszimmer, um ihm zu sagen, dass der Scotch im Wohnzimmer bereitstehe. Und dann ... Oh mein Gott, es war so furchtbar."
Joseph Fisching steht der Haushälterin zur Seite. Er scheint ernsthaft besorgt um den Zustand seiner Kollegin. „Ich kann das alles so bestätigen", sagt er.
„Gab es irgendwelche besonderen Vorkommnisse in der letzten Zeit?" Bosse-Liebichs Stimme ist leise und Vertrauen erweckend.
„Also. Ich glaube, da gibt es wirklich etwas zu sagen." Sophie blickt sich hilfesuchend zu Joseph um. Als der Chauffeur nickt, atmet sie noch

einmal tief durch und wirft Peter Heilandt einen entschlossenen Blick zu. Die Schultern des Malers sinken kaum merklich einige Millimeter herab, sein Blick richtet sich auf den Boden, so als erwarte er den Schlag des Henkerbeils.

„Vorgestern hat nämlich das Telefon geklingelt", berichtet die Haushälterin. „Wissen Sie, die Anlage im Erdgeschoss ist so eingerichtet, dass die Anrufe, die ins Arbeitszimmer gehen, auch in der Küche angenommen werden können, damit das Personal rangehen kann, wenn Herr Dossberg gerade oben oder sonst wie verhindert ist. Und weil ich dachte, Herr Dossberg sei schon oben – es war ja schon kurz nach 22.00 Uhr – habe ich abgenommen. Nun war aber Herr Dossberg doch noch im Arbeitszimmer und hatte wohl kurz vor mir abgehoben. Jedenfalls höre ich, wie er sich meldet und will schon wieder auflegen, als ich mitbekomme, wie sich auch Herr Heilandt meldet. Und zwar mit einer ganz schön wütenden Stimme."

Wie auf ein verabredetes Zeichen blicken alle Anwesenden plötzlich zu Peter Heilandt hinüber. Der Maler jedoch bleibt mit gesenktem Blick sitzen. Sein Gesicht nimmt eine dunkelrote Färbung an.

Sophie fährt fort: „Warum Herr Dossberg ihn nicht zu seinem Geburtstag eingeladen hätte, hat er gefragt. Und dann hat er noch gesagt: ‚Sie wissen doch, was passieren kann, wenn Sie so was tun. Ein zweiter Hinweis könnte wesentlich präziser ausfallen.' Herr Dossberg war empört und sagte, dass es doch schließlich sein Geburtstag sei und keine Ausstellungseröffnung oder sonst ein gesellschaftliches Ereignis. Aber Herr Heilandt hat nicht locker gelassen. ‚Sorgen Sie dafür, dass ich auf der Gästeliste stehe', hat er gesagt. ‚Ist doch gar nicht so schlimm. Sie sollen mich doch nur ein paar Leuten vorstellen. Wenn alles glatt läuft, sind Sie mich doch auch bald wieder los. Aber an diesem Abend muss ich dabei sein.' Ich habe dann ganz vorsichtig aufgelegt, weil es mir doch zu unheimlich wurde."

„Interessant", stellt Kommissar Kolbing fest. „Möchten Sie sich vielleicht dazu äußern, Herr Heilandt?" Breitbeinig und mit beiden Fäusten in die Hüften gestemmt, wirkt Jens Kolbing wie die Karikatur eines Westernhelden aus den 60er Jahren.

„Was gibt es dazu noch zu sagen?" Das Gesicht des Malers ist noch blasser als zu Beginn des Abends. „Frau Menzel hat doch schon ganze Arbeit geleistet."

„Was bilden Sie sich eigentlich ein?", schnaubt Bertram Janssen verächtlich. Sein Bedarf an Alkoholika muss in der letzten halben Stunde beträchtlich gewesen sein, denn seine Zunge ist bereits schwer. „Nun rücken Sie schon raus mit der Sprache."
„Vorsicht." Hedda Bosse-Liebich in Wildwest-Pose hat nicht im Mindesten die autoritäre Ausstrahlung ihres Kollegen. Sie ähnelt einer Polizeischülerin beim Rollenspiel im Deeskalationstraining. Gepaart mit der rosafarbenen Bluse wäre sie für eine Slapstick-Nummer nicht ungeeignet. „Herr Heilandt, vielleicht wäre es klüger, erst mit einem Anwalt zu sprechen." Sie macht ihr verbindlich strenges Gesicht, das sie ohne Zweifel vor dem Spiegel geübt hat – leider nicht intensiv genug. Kolbing verdreht die Augen, verschluckt aber den Kommentar, der ihm offensichtlich auf der Zunge liegt. „Richtig", pflichtet er seiner Kollegin bei.
„Ach was." Jetzt drückt auch Bertram sein Kreuz durch. In der Arena befinden sich nun drei Kampfhähne. „Was wollen Sie denn dann überhaupt hier? Anwalt! Dass ich nicht lache. Es ist doch völlig offensichtlich, dass dieser nichtsnutzige Anstreicher hier Dreck am Stecken hat. Und dabei ist er nicht einmal der Einzige." Mir schießt das Adrenalin bis in die Haarspitzen, als der Schwager des Mordopfers plötzlich zwei nicht ganz sichere Schritte auf mich zumacht und mit dem Zeigefinger in meine Richtung weist.
„Na, Gnädigste? Wie wär's? Wollen Sie nicht mal mit der Sprache rausrücken?"
„Ich weiß nicht, wovon Sie sprechen, Herr Janssen." Plötzlich ist mein Mund staubtrocken.
„Aber ich weiß, wovon ich spreche, Herr Kommissar." Bertram schwankt ein wenig, als er sich umdreht. „Frau Neufeld hier schnüffelt seit einer Stunde im Haus herum – und sie glaubt, dass das keiner merken würde. Falsch gedacht." Wieder wendet er sich mir zu. „Ich habe Sie genau beobachtet. Schnüffelt hier rum und fragt die Leute aus, so als ob sie die Polizei wäre. Ha. Damit sollten Sie sich mal befassen, Herr Kommissar."
Ich habe keine Ahnung, wie ich aus dieser Situation heil wieder herauskommen soll. Natürlich hat Bertram Recht. Aber wie soll ich erklären, warum ich auf der Suche nach dem Täter bin? Ehrlich gegen mich selbst gebe ich zu, dass es ein eher verzweifelter Versuch ist, meine

Schuldgefühle zu beruhigen, jene Schuldgefühlte, die ich seit dem Tod meines Vaters mit mir herumtrage. Wenn ich den Mörder nur fände ... Ich könnte alles wieder gutmachen, was ich vor einem Jahr beim Tod meines Vaters versäumt habe ... Wie lächerlich. Ich muss schlucken, dann würgen. Wieder dieses Bild. Ein graues und eingefallenes Gesicht.
„Frau Neufeld? Ist Ihnen nicht gut?" Der Blick von Hedda Bosse-Liebich ist stechend. Sie untersucht meinen Gesichtsausdruck genau, als könne sie darin lesen.
„Es geht schon. Danke." Ich räuspere mich. „Es ist wahr. Ich habe nach Anhaltspunkten gesucht, die die Identität des Täters aufdecken könnten." Eigentlich habe ich lautes Gelächter erwartet, denn dies wäre sicherlich die dämlichste Ausrede, die man sich hätte einfallen lassen können. Doch zu meinem Erstaunen bleibt es ruhig in der Halle. Keinem der Anwesenden ist anzusehen, was er im Moment denken mag. Nach einer Ewigkeit des Schweigens kommt Kommissar Kolbing anscheinend zu der Auffassung, ein Themenwechsel wäre jetzt genau das Richtige.
„Kann jemand die Angaben von Frau Menzel bestätigen?", fragt er in die Runde.
„So war's." Die Worte des Chauffeurs sind wie Donnerhall. „So hat sie's mir heute Nachmittag auch schon erzählt."
„Sie sind der Chauffeur des Hauses?" Hedda Bosse-Liebich bemüht wieder ihre verbindlichstrenge Miene – wieder erscheint sie nicht recht authentisch. Als Joseph zustimmend nickt, fährt sie fort: „Schön. Dann berichten Sie doch mal. Wie war Ihr Tag mit Herrn Dossberg?"
„Naja. Eigentlich gibt's da nich' viel zu erzähl'n. Aber eins is' wohl doch ganz interessant vielleicht. Nämlich auf dem Weg zur Firma hin, da hat der Herr Dossberg gesagt, dass das alles im Moment ganz schön hart is' mit dem Geschäft und dem Brand von diesem Bauvorhaben und so. Und dass er da auch persönlich mit drin' stecken würde. Ein Freund von ihm aus Frankreich nämlich wäre der Leiter der Firma, die das Hotel da bauen wollte. Der sei jetzt in finanziellen Schwierigkeiten. Und weil Herr Dossberg so ein guter Mensch ist, wollte er seinem Freund mit Geld aushelfen. Er wär' da seit vorgestern 'ner Sache auf der Spur, aber ob das klappen würde, wär' nich' so klar. War ganz schön deprimiert, weil er irgendwen nich' erreicht hat. Aber auf dem Rückweg, da war er schon besser gelaunt. Hat mich auf 'ne Curry an

den Landungsbrücken eingeladen und gesagt, dass er einen gefunden hat, der ihm was abkaufen will. Und mit dem Geld könnte er dann die größten Probleme in'n Griff krieg'n. Lustig is' das aber nich', wenn man so doll auf die Kohle angewiesen is', dass man was verkaufen muss, hab' ich gesagt. Und wissen Sie was? Da hat er gelacht und gesagt: ‚Eigentlich is' es das nich', aber in diesem speziellen Fall is' es das doch.'"

„Sonderbar." Kolbings Stirn ist in tiefe Falten gelegt. Dann scheint er einen Geistesblitz zu haben. „Die Sache nimmt Formen an", raunt er seiner Kollegin zu.

„Achtung!" Hinter zwei Männern, die einen Plastiksarg durch die Halle tragen, tritt ein Mann aus dem Arbeitszimmer, den uns Kolbing als Dr. Schmidt vorstellt. Dieser war kurz nach den Leuten von der Spurensicherung eingetroffen. Mit mildem Gesichtsausdruck tritt er auf Eva Dossberg zu und bekundet sein Beileid, bevor er sich mit gesenkter Stimme an die Kommissare richtet.

„Die Einzelheiten können Sie morgen meinem Bericht entnehmen. Nur soviel: Friedrich Dossberg ist erschossen worden. Eine Kugel in den Kopf, vier in den Brustkorb. Er war sofort tot. Nach den ersten Anzeichen zu urteilen, könnte der Tod gemäß den Aussagen zwischen 17.30 Uhr und 18.00 Uhr eingetreten sein. Sie werden aber verstehen, dass ich mich da noch nicht festlegen kann." Mit gesenktem Blick verabschiedet sich der Doktor.

„Erschossen", wiederholt Kolbing. „Wissen Sie, Herrschaften, was mir nicht aus dem Kopf geht? Niemand von Ihnen hat mir von Schüssen berichtet. Haben Sie denn gar nichts gehört?"

„Nun, also ..." Es ist Konrad Jacobis Stimme, die sich erhebt. „Ich bin hier in der Halle eingenickt, als ich auf den Pannendienst gewartet habe. Aber ich erinnere mich da an ein Geräusch. Mag sein, dass es aus Richtung Arbeitszimmer gekommen ist. Genau weiß ich das nicht. Ich war im Halbschlaf."

Gebannt blicken elf Augenpaare auf den alten Studienfreund des Mordopfers.

„Jedenfalls klang es seltsam pfeifend. Oder nein, warten Sie", er ringt nach den richtigen Worten. „Kurze, schnelle, hohe Töne. Zischend, aber abgehackt. Als ob man Stoff zerreißt, aber schneller und gedämpfter. Oder noch anders: So als würde Pressluft durch ein enges Loch aus einem Behälter entweichen."

„Nun ja." Kolbing massiert seine Stirn. Er scheint nicht wirklich zufrieden mit dem Gehalt dieser Aussage zu sein. „Jedenfalls stecken alle Kugeln im Körper des Opfers oder in der Sessellehne. Die Waffe haben wir nicht gefunden."
Damit wendet er sich den in Plastiktüten verpackten Dingen zu, die die Spurensicherung dem Tatort entnommen hat.

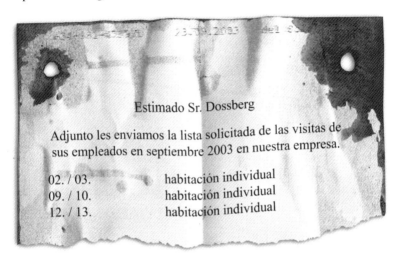

„Dieses Schriftstück haben wir in der Brusttasche des Opfers gefunden." Er legt uns ein blutiges Stück Papier vor, auf dem Worte in spanischer Sprache zu lesen sind. Es ist ein Fax des *Hotel del Sol* aus La Coruña, datiert auf den 23. September 2003. Hedda Bosse-Liebich glänzt mit ihren Spanischkenntnissen und übersetzt uns den Text: „Sehr geehrter Herr Dossberg, anbei finden Sie die von Ihnen angeforderte Auflistung der Besuche Ihrer Mitarbeiter im September 2003 in unserem Hause: 02./03. Einzelzimmer, 09./10. Einzelzimmer, 12./13. Einzelzimmer."
„Ich dachte, dass sich vielleicht jemand von Ihnen einen Reim darauf machen könnte", fährt Kolbing fort.
„Friedrich war schon seit langer Zeit nicht mehr in Spanien", erklärt Eva. „In diesem Monat jedenfalls nicht."
Auch die anderen Anwesenden schütteln nur den Kopf.
Als die Spurensicherung mit einem Kasten voller Klarsichthüllen und Plastikbeutel das Haus verlässt, ergreift ein Windstoß die zuoberst

liegende Hülle. Das Aquarell mit dem Bildnis der schwarzhaarigen Frau fällt zu Boden. Kolbing hebt es auf und will es zurück in den Karton legen, hält dann aber inne.

„Hm." Er hält das Bild vor das Licht der Lampe. „Sieht aus, als sei der untere Rand nicht ganz gerade. So als sei ein Streifen des Papiers nicht ganz sauber abgeschnitten worden. Und hier." Er kräuselt die Stirn und hält das Aquarell schräg. „Hier steht etwas. Ein Datum: *Mai '88*. Und direkt darunter ein Name: *Sonja Tarmann*. Sieht so aus, als hätte dieses Aquarell einmal als zufällige Schreibunterlage gedient. Die Buchstaben haben sich durch ein anderes gerade beschriftetes Papier auf dieses Bild durchgedrückt."

Dann wenden sich Kolbing und Bosse-Liebich von uns ab. Sie beginnen mit der Untersuchung der anderen Räume in der Villa.

„Was für ein Drama!" Donatella Verucini, die sich während der ganzen Zeit mit äußerster Zurückhaltung geschmückt hat, schüttelt das Kissen aus, auf dem sie ihren kranken Fuß gebettet hat. „Wann können wir endlich aus diesem Irrenhaus verschwinden?"

„Finde ich auch", pflichtet Konrad Jacobi ihr bei. „So langsam verliere ich die Geduld. Ich habe noch eine lange Fahrt vor mir."

Es folgen Ihre Untersuchungen in der Villa. Aus der folgenden Übersicht wählen Sie die Räume, Personen und gegebenenfalls den Fingerzeig aus und schlagen auf der angegebenen Seite nach, um die entsprechende Textpassage zu lesen. Jeden gelesenen Abschnitt vermerken Sie auf der Seite Gelesene Textpassagen (Umschlagseite III).
Dann folgt das vierte Kapitel **„Je später der Abend..."** *(Seite 109).*

ÜBERSICHT
zur Auswahl der weiteren Textpassagen

SPURENSICHERUNG *(Die Räume der Villa)*	*Seite*
OG – Gästezimmer	*90*
OG – Schlafzimmer	*90*
OG – Zimmer von Eva Dossberg	*92*
OG – Zimmer von Friedrich Dossberg	*92*
OG – Galerie	*93*

OG	– Badezimmer	94
EG	– Arbeitszimmer von Friedrich Dossberg	95
EG	– Speisezimmer	95
EG	– Wohnzimmer	96
EG	– Salon	96
EG	– Gäste-WC	97
EG	– Küche	97
UG	– Zimmer von Wilhelm Bagunde	98
UG	– Keller und Lager	98
UG	– Zimmer von Sophie Menzel	99
UG	– Wäsche- und Heizungskeller	99
UG	– Bad	99
UG	– offene Kellerräume	99
UG	– Speisekammer	100
UG	– Garage	100
A	– Außenbereich, Garten der Villa	101

VERHÖRE *(Die anwesenden Personen)*	*Seite*
Eva Dossberg, Friedrichs Ehefrau (44)	*102*
Bertram Janssen, Friedrichs Schwager (43)	*103*
Jasmin von Hohengarten, *Abteilungsleiterin bei Janssen & Dossberg (41)*	*103*
Peter Heilandt, Kunstmaler (44)	*104*
Donatella Verucini, Kunstmalerin (33)	*105*
Konrad Jacobi, Friedrichs Studienfreund (42)	*105*
Wilhelm Bagunde, Hausdiener der Dossbergs (50)	*106*
Sophie Menzel, Haushälterin der Dossbergs (34)	*107*
Joseph Fisching, Chauffeur der Dossbergs (38)	*107*

FINGERZEIG ZUM DRITTEN KAPITEL *Seite 173*

SPURENSICHERUNG

OG – DAS GÄSTEZIMMER

Die Lichtverhältnisse im Gästezimmer erinnern an einen düsteren französischen Schwarz-Weiß-Film. Ich trete ans Fenster, ziehe den Vorhang auf und blicke in den Garten. Auf dem See, der direkt hinter dem Haus beginnt, spiegeln sich die letzten Sonnenstrahlen. Nachdem ich nun also ein wenig Licht in das karg möblierte Zimmer gebracht habe, öffne ich auch das Fenster, denn in der Luft liegt der schwere Duft eines aufdringlichen Parfüms. Als ein lauer Windhauch durch den Raum weht und meine Geruchsnerven wieder beruhigt sind, wende ich mich dem Bett zu, auf dem eine zierliche Damenhandtasche liegt.

Im Inneren der Tasche finde ich den Grund für das Geruchsattentat: Ein undichter Parfüm-Flakon verströmt den schweren Duft. Außerdem entdecke ich einen dicken Terminkalender, aus dem ein Briefumschlag ragt, der mein Interesse weckt: Die Briefmarke ist am 13. Juni 2003 in Rom abgestempelt worden. Die Adresse lautet auf die Hamburger Anschrift von Donatella Verucini. Der Brief selbst ist in italienischer Sprache verfasst. Mit dem wenigen Italienisch, das ich verstehe, übersetze ich den Brief bruchstückhaft. Von einer *famiglia* ist da oft die Rede, ebenso wie vom *papà*, der sich mit den falschen Leuten eingelassen hat und nun Angst hat, nicht genügend Geld für die ominöse *famiglia* auftreiben zu können.

Als ich mich wieder vom Bett erhebe, stößt mein Fuß zufällig gegen den Gehstock, der an der Wand lehnt. Die ungewöhnlich dicke Gehhilfe – ich schätze ihren Durchmesser auf etwa 4 cm – fällt polternd zu Boden. Als ich mich bücke, um den Stock wieder aufzurichten, bleibt mein Blick kurzzeitig an den aufwendigen Intarsien hängen. Diese zeigen einige Blumenranken, die sich in verwirrendem Spiel um den Schaft winden und an dessen unterem Ende in ein metallenes Gewinde münden.

Bevor ich noch mehr Unordnung anrichte, schließe ich das Fenster wieder und verlasse den Raum.

OG – DAS SCHLAFZIMMER

Die Untersuchung des Schlafzimmers ist schnell abgeschlossen. Das nur auf einer Seite bezogene Doppelbett, der Nachttisch mit einer beeindruckenden Menge an benutzten Taschentüchern und die zwei leeren Rotweinflaschen auf der Anrichte fallen mir ins Auge. Sonst kann ich keinerlei Besonderheiten bemerken.

Dann höre ich Stimmen, die sich sehr schnell nähern. Ich meine den tiefen Bass von Kommissar Kolbing und den Alt von Kommissarin Bosse-Liebich zu erkennen. Fast panisch schaue ich mich im Zimmer um. Was soll ich tun? Wenn die beiden mich beim Herumschnüffeln entdecken sollten, würde ich mich höchst verdächtig machen. Mir bleibt keine Zeit mehr. Wieselflink verschwinde ich im Kleiderschrank und quetsche mich zwischen Anzugjacken auf der einen und dezente Abendkleider auf der anderen Seite.

Als sich die Tür zum Schlafzimmer öffnet und die beiden Kommissare eintreten, kann ich sie durch einen kleinen Spalt in der Schranktür beobachten.

„Et voilà, das Schlafzimmer", stellt Hedda Bosse-Liebich fest.

„Das Schlachtfeld einer gescheiterten Ehe?", mutmaßt Kolbing.

„Die Hausherrin scheint jedenfalls eine schlimme Nacht hinter sich zu haben. Viel geschlafen hat sie wohl nicht." Während Bosse-Liebich sich die Brille zurechtrückt, kommt sie dem Kleiderschrank gefährlich nahe. Doch ihr Blick ist fest auf den Nachttisch gerichtet.

„Kann man ihr das verdenken?", fragt Kolbing.

„Du glaubst an die Geschichte vom Hausdiener?"

„Ich glaube vor allem, dass er mehr vom Privatleben seiner Arbeitgeber weiß, als er zugeben will. Wer, wenn nicht das Personal, sollte über die Affären der Dossbergs im Bilde sein?" Bosse-Liebich nickt. Plötzlich wendet sie sich dem Schrank zu. Pures Adrenalin schießt mir ins Blut und ich drücke mich tief in die Dunkelheit meines Verstecks. So tief, dass ich nun zwischen Schrankrückwand und der vor mir hängenden Garderobe stehe.

Mit leisem Quietschen öffnet die Kommissarin die Tür, unterzieht den Inhalt aber nur einer oberflächlichen Untersuchung.

„Feiner Zwirn." Nach dieser leicht neidvollen Bemerkung schließt sie die Tür wieder.

„Aber kein Nerz der Welt, der der Liebe Herz erhält", dichtet Kolbing und lächelt. „Von mir sind solche Geschenke jedenfalls nicht zu erwarten." Damit umfasst er seine Kollegin von hinten und küsst sie auf den Nacken.

„Jens." Obwohl sich Hedda Bosse-Liebich aus seiner Umarmung windet,

lächelt auch sie. „Nicht hier. Die Spusi ist unten."
„Na und? Mir doch egal." Wieder versucht er sie zu küssen, doch sie entfernt sich von ihm.
„Na klar, der frisch geschiedene Kommissar Kolbing befindet sich schon wieder auf Freiersfüßen. Und welche Kollegin kann er am leichtesten bezirzen? Die alte Jungfer Hedda. Nein danke, auf dieses Gewäsch kann ich wirklich verzichten." Ihre Stimmlage unterstreicht, dass es ihr ernst ist.
„Wie Du meinst", lenkt Kolbing ein. „Hier scheint es nichts Besonderes zu geben. Machen wir nebenan weiter." Mit festem Schritt verlässt er das Schlafzimmer. Hedda Bosse-Liebichs Schritte folgen ihm wenig später.
Ich warte noch ein paar Minuten, bevor ich den Raum verlasse.

OG – DAS ZIMMER VON EVA DOSSBERG
Eva Dossberg ist bekannt für ihre leidenschaftliche Hinwendung zur Kunst. Ihr privates Zimmer ist Ausdruck dieser Leidenschaft. Wohin mein Auge auch blickt – überall stehen Tuben, Gläser und Dosen mit Öl-, Aquarell- und Acrylfarben. Auf dem Boden vor mir stapeln sich Berge von Papier und an den Wänden lehnen Leinwände.
Der Schrank neben der Tür beherbergt zudem eine Auswahl kleinerer Tonbüsten. Mit etwas Phantasie erkenne ich in einer der Büsten Friedrichs Kopf, eine andere scheint Evas Bruder Bertram darzustellen und auch das Hauspersonal findet je ein Pendant. Die übrigen Köpfe sind mir unbekannt.
All dies führt mich jedoch bei meinen Ermittlungen im Mordfall Dossberg nicht weiter. Also setze ich meine Untersuchung des Raumes fort. Der sehr aufgeräumte Schreibtisch am Fenster lässt nichts Bemerkenswertes erkennen, doch in der obersten Schublade finde ich eine Sammlung von Papieren, die mein Interesse erregt. Zum einen ist da ein kurzer Text auf zartrosa Papier (s. Abb. 3), zum anderen entdecke ich noch zwei Faxe in der Schublade (s. Abb. 4).

OG – DAS ZIMMER VON FRIEDRICH DOSSBERG
Auffälligstes Einrichtungsstück in Friedrich Dossbergs Zimmer ist das Sofa, auf dem ein Kopfkissen und eine zerknautschte Decke liegen. Ansonsten fühle ich mich hier wie im alten Asien. Skulpturen, Masken

und Bilder des östlichen Kontinents dominieren den Raum.
Unter dem zerknitterten Kopfkissen scheint etwas verborgen zu sein. Behutsam ziehe ich ein kleines rotes Buch hervor. Die Untersuchung des Objektes ergibt, dass es sich um eine Sammlung von Aphorismen, bedeutender Termine im Jahr und persönlicher Gedanken von Friedrich handelt. Der letzte Eintrag stammt vom 13. August dieses Jahres. Er lautet: *So kann es nicht mehr weitergehen.*
Als ich mich dem Schreibtisch nähere, sehe ich einen Ordner, der zuoberst auf einem Wust von Papieren, Aktenmappen und Kunstbänden liegt. Er trägt die Aufschrift *J & D / Presse 2003*. Ein Blick hinein enthüllt mir den letzten Eintrag (s. Abb. 1). Außerdem ist ein loses Blatt in den Ordner eingelegt (s. Abb. 2).
Eine kleine Statue auf dem Regal erregt meine Aufmerksamkeit. Es handelt sich um einen sitzenden Buddha, der über und über mit Blumen bemalt ist. Geschmackloser Kitsch, denke ich, als ich den kleinen Kerl vorsichtig in den Händen wiege und von allen Seiten betrachte. Auf der Unterseite ist ein kleiner Zettel aufgeklebt. *Von J.* steht darauf zu lesen. Behutsam stelle ich die Statuette wieder ins Regal.

OG – DIE GALERIE

Eigentlich sollte die Galerie heute ein Mittelpunkt der Feierlichkeiten sein, denn Donatella Verucini stellt hier ihre neuesten Kreationen und einige ihrer älteren Werke aus. Während ich mich auf die Stellwände zubewege, geistern meine Schatten durch den ganzen Raum. Das beeindruckende Beleuchtungskonzept ist dafür verantwortlich. In quer durch den Raum verlaufenden etwa 30 cm tiefen Bodenschluchten, die zum Schutz der Besucher mit grobmaschigen Gittern abgedeckt sind, befinden sich blaue Glühbirnen, die ihr Licht nach oben gerichtet gegen Wände und Decke abstrahlen. Das kühle Licht und meine hallenden Schritte auf dem gefliesten Boden verursachen eine eigentümlich düstere Atmosphäre.
Die erste Stellwand schmücken zehn Zeichnungen von eher kleinem Format. Die Beschilderung weist die Titel der Werke aus: „Die Frau ohne silbernes Haar", „Tagschlaf", „Die Trocknenden" und „Das Flüstern" gefallen mir besonders gut.
Auf der mittleren Stellwand sind Zeitungsartikel angebracht, die die Kritikerkarriere von Friedrich Dossberg illustrieren. Wie bei jedem

seiner Geburtstage stellt er ein Jahr dieser Laufbahn aus. Dieses Mal das Jahr 1988 (s. Abb. 7).
Die dritte Stellwand bietet Platz für die Öl- und Aquarellgemälde der italienischen Malerin. Herausragend dabei sind: „Mondsteine", „Nasolima" und „Leitnote H".
Genug des Kunstgenusses. Ich will mich gerade wieder der rauen Realität zuwenden, da sehe ich plötzlich in einer der Bodenschluchten nahe dem Wandsafe ein Licht aufblitzen. Bei näherem Hinsehen erkenne ich eine etwa 4 cm durchmessende Metallkappe mit Innengewinde, die das Licht der Lampen reflektiert haben muss. Da ich mit den Fingern aber nicht durch das Gitter langen kann, muss ich auf eine nähere Untersuchung des Kuriosums verzichten.

OG – DAS BADEZIMMER

Als ich das Badezimmer betreten will, kommen mir die Kommissare Bosse-Liebich und Kolbing entgegen. Beide scheinen in sehr gelöster Stimmung zu sein. Das gackernde Kichern von Hedda Bosse-Liebich endet abrupt, als sie meiner gewahr wird. Auch Jens Kolbing hält plötzlich inne.
„Frau Neufeld." Die Stimme des Kommissars lässt eine gewisse Gereiztheit nicht vermissen. „Was wollen Sie denn hier oben?"
„Ich dachte ... Verzeihen Sie. Ich wollte nur ... Ich müsste mal da rein." Schamesröte steigt mir ins Gesicht. Nervös streiche ich mein Kostüm glatt und deute mit dem Finger in den Raum.
„Nun ja, wir sind gerade dabei, die Räume hier oben in Augenschein zu nehmen. Es wäre nett, wenn Sie sich gleich wieder nach unten begeben würden. Wir sind noch nicht fertig."
„Natürlich", beeile ich mich zu versichern. „Das WC unten war besetzt. Und da dachte ich ..."
„Schon gut", Hedda Bosse-Liebich macht ein wissendes Gesicht. „Gehen Sie nur." Damit wenden sich die beiden Kommissare ab.
Die weiße Pracht des Badezimmers ist überwältigend. Fliesen, Sanitärkeramik und Einrichtung sind in strahlendem Weiß gehalten. Einzige Farbtupfer sind die türkisfarbene Tür der Duschkabine und das zarte Grün einer kleinen Zimmerpalme.

EG – DAS ARBEITSZIMMER VON FRIEDRICH DOSSBERG

Ein weiteres Mal betrete ich den Tatort. Doch zu diesem Zeitpunkt ist kaum noch etwas Bemerkenswertes zu entdecken. Leichnam und Indizien, die auf den Täter deuten könnten, sind von der Spurensicherung entfernt worden.

Ein schrilles Geräusch lässt mich zusammenfahren. Das Telefon. Langsam bewege ich mich auf den Schreibtisch zu. Es klingelt ein zweites Mal. Ein drittes Mal. Bevor ich noch recht darüber nachgedacht habe, liegt meine Hand bereits auf dem Hörer. Bin ich noch bei Sinnen? Ein seltsames Gefühl überkommt mich. Wie in Trance hebe ich ab.

Da ich mich nicht melde, erklingt am anderen Ende der Leitung eine Stimme. „Friedrich, bist Du das? Friedrich!" Die Stimme der alten Dame wird ungnädig. „Ist das wieder einer Deiner Scherze? Hier ist Tante Gala. Ich weiß wirklich nicht, was mein Bruder bei Deiner Erziehung falsch gemacht hat. Jetzt wirst Du 50 Jahre alt und bist immer noch nicht erwachsen." Sie macht eine lange Pause. „Ich weiß, dass Du dran bist." Dann scheint sie zu resignieren. „Na, jedenfalls alles Gute zum Geburtstag. Ich habe Dir ein Päckchen geschickt. Mit den Zitronenkeksen, die Du immer so gerne isst. Aber nicht alle auf einmal. Du weißt, dass Du einen empfindlichen Magen hast." Wieder eine Pause. „Wenigstens Danke könntest Du sagen. Lausbub." Dann ist ein Klicken in der Leitung zu hören.

EG – DAS SPEISEZIMMER

Am riesigen Tisch, der den Großteil des Raumes ausfüllt, sitzt die Hausherrin Eva Dossberg. Mit zittrigen Händen hält sie ein Glas Rotwein, das sie in sehr kurzen Intervallen zum Mund führt. Die halbleere Flasche Burgunder neben ihr liefert Zeugnis von Evas Durst. Da der Raum ansonsten keine Besonderheiten aufweist, wende ich mich wieder zum Gehen.

„Einen Moment", ruft Eva mir hinterher. Es hatte zwar den Anschein, als nähme mich die Witwe nicht wahr, doch das scheint ein Trugschluss gewesen zu sein. „Entschuldigen Sie, aber ich habe eine Frage."

„Gerne. Fragen Sie." Ich mache ein paar Schritte auf sie zu.

„Hatten Sie ein Verhältnis mit meinem Mann?"

Mir fehlen die Worte. „Frau Dossberg … Ich weiß nicht, wie Sie darauf …"

„Ach kommen Sie. Es ist doch längst kein Geheimnis mehr, dass mein Mann das Wörtchen Treue rein hedonistisch interpretiert hat. Seien Sie ehrlich." Es ist unverkennbar, dass Evas Zunge schwer vom Wein und ihre Seele schwer vom Verlust geworden ist.
„Ich bin ehrlich, Eva. Nein. Ich hatte kein Verhältnis mit Friedrich." Plötzlich treten Tränen in ihre Augen. Sie atmet tief und scheint wieder einen Schritt in Richtung Wachleben zu gehen. „Entschuldigen Sie. Ich weiß nicht, warum ich mich selbst zerfleischen muss." Mit einem unheimlichen, schmerzvollen Blick schaut sie mich an. „Ich fühle mich so verlassen."

EG – DAS WOHNZIMMER

Als ich das Wohnzimmer betrete, sehe ich Jasmin von Hohengarten auf der Terrasse sitzen. Sie dreht mir den Rücken zu und scheint zu telefonieren. Neugierig trete ich näher an die offene Terrassentür und beschäftige mich scheinheilig mit der Sammlung klassischer Musik neben der Stereoanlage im Regal.
„... und jetzt ist hier die Hölle los. Jeder verdächtigt jeden", höre ich die Hohengarten sagen. Nach einer kurzen Pause fährt sie fort. „Das wird sich zeigen. Dafür gibt es eigentlich nur eine einzige Lösung. Das weißt Du. Ich wollte Dir nur Bescheid geben, damit Du morgen nicht völlig von der Nachricht überrascht wirst." Wieder eine Pause, in der der Gesprächspartner der Hohengarten redet. „Damit wird sich die Abteilungsleiterkonferenz zu befassen haben. Aber ich denke, wir kommen nicht darum herum. Er wird seinen Schwager beerben." Plötzlich dreht die Telefonierende sich um und blickt mir geradewegs ins Gesicht. „Ich muss aufhören", sagt sie. „Wir reden morgen."

EG – DER SALON

Die Sammlung der erlesenen viktorianischen Antiquitäten im Salon ist beeindruckend, ebenso wie die hübsch verpackten Geschenke, die neben dem Regal noch immer vergeblich darauf warten, dass der verstorbene Gastgeber sie in Empfang nimmt. Ich lasse mich auf einem der Sessel nahe dem Kamin nieder und blicke ins Feuer, in dem ein lederartiger Klumpen vor sich hin schmort.
In Gedanken versunken höre ich auf das monotone Schwingen des Pendels der alten Standuhr. Tack ... Tack ... Tack ... Erst kurz bevor

mir die Augen schwer werden und ich in eine leichte Trance zu fallen drohe, wende ich mich vom Anblick der Flammen ab und erhebe mich.
Als mein Blick zur offenen Tür des Salons schweift, sehe ich eine rasche Bewegung, kann aber nicht ausmachen, wer oder was da vor der Tür gestanden hat. Jetzt ist jedenfalls nichts mehr da.
Schnell laufe ich in den Flur und blicke den Weg zur Halle entlang. Nichts.

EG – DAS GÄSTE-WC
Als ich gerade das WC aufsuchen will, öffnet sich die Tür und Peter Heilandt tritt heraus. Er scheint sichtlich angespannt zu sein.
Mit einem kaum merkbaren Kopfnicken bedeutet er mir, dass das Bad nun frei sei und zwängt sich rasch an mir vorbei.
Wie erwartet, ergibt die Untersuchung des Raumes nichts Bemerkenswertes.

EG – DIE KÜCHE
Chauffeur Joseph Fisching sitzt inmitten eines Durcheinanders von Töpfen, Schüsseln und Pfannen, in denen das halbfertige Menü, das für den heutigen Abend vorgesehen gewesen ist, auf sein letztes Schicksal wartet – die Entsorgung in der Mülltonne. Die Haushälterin Sophie Menzel ist bemüht, die Spuren der letzten Arbeitsstunden zu beseitigen.
„Es ist alles etwas durcheinander geraten", erklärt sie entschuldigend, aber trefflich den heutigen Tag beschreibend. „Nun muss ich sehen, was zu retten ist."
„Ich hab' ihr schon gesagt, sie soll mal nich' so einen Wirbel machen." Josephs besänftigender Tonfall hat allerdings keinerlei Auswirkung auf die hektische Betriebsamkeit seiner Kollegin. „Dafür is' morgen auch noch Zeit."
„Vielleicht sollten Sie sich wirklich mehr Ruhe gönnen", schlage ich vor. „Die ganze Sache hat Sie doch bestimmt sehr mitgenommen."
„Ich finde schneller Abstand, wenn ich etwas zu tun habe. Außerdem ist noch eine ganze Menge zu erledigen."
Ich verstehe diese Antwort als Bitte, den Finger nicht länger in die Wunde zu legen.

UG – DAS ZIMMER VON WILHELM BAGUNDE

Der Duft einer sommerlichen Blumenwiese ist mein Wegweiser zu Wilhelm Bagundes Zimmer. Als ich die Tür öffne, strömt mir der Geruch der verschiedensten Topf- und Schnittblumen aus allen Ecken des Raumes entgegen. Der Vergänglichkeit einiger dieser Schönheiten hat der Hausdiener entgegenzuwirken versucht, indem er sie zum Trocknen vor das Fenster gehängt hat. Ein eigentümlich morbider Charme geht von den aneinandergereihten Sträußen aus, die wie eine Galerie von Gehängten sacht im leicht durch das geöffnete Fenster hereinströmenden Luftzug vor sich hin pendeln.

Eine Notiz bezüglich der Gästeliste für Friedrichs Geburtstag (s. Abb. 6) liegt auf dem Schreibtisch.

UG – KELLER UND LAGER

Das große Lager verfügt über ein eigenes Belüftungssystem, das die übliche modrige Kellerluft vertreibt und dafür sorgt, dass die hier lagernden Kunstwerke nicht angegriffen werden.

In dem großen Regal links von der Eingangstür finden sich die Mappen, in denen Friedrich Dossberg die Zeichnungen und Gemälde seiner Schützlinge verwahrt – alphabetisch sortiert.

Als ich unter *V* nachsehe, entdecke ich die dicke Mappe mit der Aufschrift *Donatella Verucini*. Sie beinhaltet neben einer Vielzahl an Werken unterschiedlichster Machart auch einige Fotografien von Skulpturen. Viele der Werke sind versehen mit Notizzetteln, auf denen mögliche Verwendungszwecke angegeben sind (*für die Ausstellung im Goldbek-Museum, zur Vorlage in der Galerie Tannert, zum Verkauf an das Berliner Museum der Künste* usw.). Unter H steckt die Mappe von Peter Heilandt im Regal. Allerdings beherbergt sie nur fünf Ölgemälde und ist mit nur einer einzigen Notiz ausgestattet: *unnütz*.

Für einige Minuten vertiefe ich mich noch in die Mappen der anderen Künstler, deren Namen mir allerdings größtenteils unbekannt sind. Am interessantesten erscheinen mir bei meinem kurzen Streifzug die verstörenden Bilder von Franz Speck, die introvertierte Romantik des Russen Saliwys Nakkdinys, die Zeichnungen des würfelspielsüchtigen Herzachto und die Werke der noch relativ unbekannten Performance-Malerin Bully Doster.

UG – DAS ZIMMER VON SOPHIE MENZEL
Das Bett in dem abgedunkelten Zimmer ist vor kurzem noch benutzt worden. Jedenfalls sehe ich, dass die Bettdecke nicht gefaltet und das Laken zerknautscht ist.
Das Mobiliar ist einfach und schmucklos: Bett, Tisch, Schrank und Anrichte sind aus hellem Holz und versprühen den Charme eines Jugendherbergszimmers.
Im Schrank befindet sich eine große Sammlung von Handtaschen aller erdenklicher Farben und Materialien.

UG – DER WÄSCHE- UND HEIZUNGSKELLER
Nachdem ich die schwere, feuerfeste Tür mit einem Bodenkeil arretiert und so am Zuschlagen gehindert habe, fällt mein Blick auf die drei auf den Wäscheleinen hängenden weißen Tischdecken, die auch bei näherer Betrachtung nicht die geringste Verunreinigung aufweisen. Ich bin beeindruckt und beschließe, bei Gelegenheit Sophie Menzel nach ihren Geheimrezepten zu fragen.
Die übrigen Einrichtungsstücke – Waschmaschine, Trockner und Heizkessel – enthalten nichts Bemerkenswertes.

UG – DAS BAD
Das Badezimmer der Hausangestellten ist ein innenarchitektonischer Alptraum aus den 70er Jahren. Auf der Ablage vor dem Spiegel stapelt sich eine bemerkenswerte Menge Kosmetikartikel für den Herrn. Zu den ausgefalleneren Stücken gehören Nagelöl, Nasenhaarschneider und Brusthaarbürste. Wilhelms Lieblingsduft scheint „Fleur" von einem wenig bekannten amerikanischen Parfümeur zu sein. Auch der Großteil der kleinen Schränkchen ist von Handtüchern, Körpercremes, Duschbädern und Fußpflegeprodukten des Hausdieners okkupiert. Daneben fallen die Toilettenutensilien seiner Kollegin Sophie Menzel kaum ins Gewicht. Als besonderen Luxus leistet sich die Haushälterin lediglich eine elektrische Zahnbürste.

UG – DIE OFFENEN KELLERRÄUME
In diesem Bereich des Kellers lagern die Dinge aus dem Leben der Janssens und der Dossbergs, die keinen Platz in den oberen Etagen mehr gefunden haben. Souvenirs, Andenken an vergangene Tage und allerlei

Kurioses ließe sich hier finden. Vielleicht auch der eine oder andere Beweis dafür, dass die Janssens nicht immer und ausschließlich die strengen Hanseaten gewesen sind, für die sie gehalten werden. Denn auch Offenheit gehört zum Understatement der Hamburger! Das Märchen von den „unterkühlten Nordlichtern" sollte mittlerweile der Vergangenheit angehören, denke ich und lege ein Album zurück. Darin enthalten sind Fotos, auf denen ich die Eltern von Eva erkennen kann, die sich anscheinend köstlich an einem Tresen auf St. Pauli amüsieren. Eine Bildunterschrift lautet: *Auf der Reeperbahn nachts um halb eins – ich hab' ein Bier und Emilia hat keins!*

UG – DIE SPEISEKAMMER

Die Speisekammer in der Villa Dossberg ist angefüllt mit allem, was das Herz eines Gourmets begehrt. Da mir das Bild von Friedrichs Leiche allerdings noch immer jeden Appetit verdorben hat, lasse ich nur meinen Blick über die Regale schweifen.

An dem überdimensionalen Weinregal ist ein Zettel angeheftet, der den benötigten Zukauf neuer Weine verzeichnet. Mit resoluter weiblicher Handschrift ist hier vermerkt: *„Neubestellung: Wein, italienisch, rot, 3 Kartons".*

UG – DIE GARAGE

Der unvermeidliche Geruch nach Benzin empfängt mich, als ich die Garage betrete. Der Platz ist so zurückhaltend bemessen, dass die Limousine des Mordopfers gerade noch hineinpasst. Auf dem Vordersitz liegen Mütze und Jacke des Chauffeurs. Die Jacke könnte eine Wäsche gebrauchen, ansonsten ergibt die Untersuchung der Kleidungsstücke nichts Ergiebiges.

Interessanter erscheint mir da schon das Notebook auf dem Rücksitz. Nach einigen Minuten des hemmungslosen Herumstöberns, in denen ich nur Tabellen und Kalkulationen entdecke, mit denen ich wenig anfangen kann, stoße ich auf zwei E-Mails, die auf der Festplatte gespeichert sind (s. Abb. 5).

Nachdem der Computer wieder heruntergefahren ist, verweile ich noch zwei Minuten in stiller Andacht und stelle mir vor, wie es wäre, wenn ich jeden Morgen in solch einem Gefährt zu meiner Firma käme. Bei dem Gedanken, wie ein solch monströser Wagen wohl einzuparken wäre, beende ich meine Schwärmereien.

A – AUSSENBEREICH, GARTEN DER VILLA

Die mittlerweile stark gesunkene Außentemperatur lässt mich frösteln. Ich lege mir den Mantel fest um die Schultern und betrete vorsichtig den geharkten Kies. Der rostige, dunkelgrüne Wagen mit Hamburger Kennzeichen von Konrad Jacobi steht in der Auffahrt. Vor der Kulisse des perfekt durchorganisierten Parkgeländes wirkt er wie ein Relikt aus einer Welt, die irgendwo weit entfernt existiert. Eine Welt, die man landläufig Realität nennt, die hier, in der Heimstatt von geraden Beeten und kompromisslos beschnittenen Hecken, aber ausgeklammert scheint. Hier siegt der Gartenarchitekt über die Natur – unüberwindbar umgrenzt von einem blankpolierten schmiedeeisernen Zaun von nicht weniger als drei Metern Höhe.

Ein ähnliches Bild zeigt sich mir auch im hinteren Teil des Gartens. Kein Strauch – und sei er noch so klein und unbedeutend für das große Ganze – darf seine Zweiglein außerhalb des für ihn vorgesehenen Radius erstrecken. Nur das nasse Element entzieht sich dem Beugungswahn des Gärtners. Der See hat sich eine mäandernde Gestalt erkämpft, die im krassen Gegensatz zu den ansonsten vorherrschenden geraden Linien steht. Der Wind streicht sanft über die tiefschwarze Wasseroberfläche und bewegt sie zu verwirrendem Wellenspiel. Beim Gedanken an das, was in den Tiefen lauern mag, schauert es mich.

VERHÖRE

EVA DOSSBERG

Seitdem die Leiche ihres Ehemannes durch die Halle getragen worden ist, hat Eva wieder die Fassung verloren. In der einen Hand ein zerknülltes Taschentuch, in der anderen ein Glas Rotwein, sitzt sie auf einem der Stühle im Speisezimmer und blickt starr gegen die Wand. Die schwarzen Haare bilden einen scharfen Kontrast zu ihrem weißen Gesicht. Vorsichtig gehe ich auf die Trauernde zu, um sie nicht zu erschrecken. Dann setze ich mich auf einen Stuhl neben sie und streiche ihr sanft über den Unterarm.

„Wie geht es Ihnen?" Jede Frage wäre in dieser Situation falsch, aber ich will die unheimliche Stille, die um uns herum herrscht, durchbrechen. Statt eine Antwort zu geben, dreht Eva den Kopf und blickt mich an. Ihre Augen sind glasig und geschwollen. Sie hat es aufgegeben, die starke Hausherrin zu spielen.

„Glauben Sie, Heilandt hat etwas mit dem Mord zu tun?", fragt sie mit brüchiger Stimme.

„Glauben Sie es?"

„Ich weiß es nicht." Sie nimmt einen Schluck Rotwein und stellt das Glas wieder auf den Tisch. „Ich kann mir auf dieses ominöse Telefonat keinen Reim machen. Friedrich hat mir davon nichts erzählt. Der Heilandt kam mir immer so schüchtern vor. Und nett. Richtig nett." Wieder blickt sie mich fragend an, als erwarte sie, dass ich ihr den Namen des Mörders nennen könne.

„Aber von dem Hotelbrand hat er Ihnen erzählt?"

„Natürlich. Das hat ihn sehr mitgenommen. Pascal Valloix ist ein guter Freund von uns. Eigentlich hätte er heute auch kommen sollen, aber er muss in Frankreich bleiben. Die Versicherungen und der ganze Papierkram, wissen Sie?" Wieder greift sie zum Rotwein.

„Valloix?"

„Er leitet das Unternehmen, das das Hotel in St. Nazaire gebaut hat. Friedrich hätte sich an diesem Projekt gar nicht beteiligt, wenn Pascal kein Freund gewesen wäre. Das Projekt war für unsere Firma eigentlich viel zu groß." Eva macht eine lange Pause und schenkt sich nach. „Ich wäre jetzt gerne ein wenig allein."

„Natürlich. Das kann ich verstehen."

BERTRAM JANSSEN

„Dann geben Sie mir den Whiskey." Bertram steht in der Küchentür und lässt sich von Sophie eine Flasche aushändigen. Mit zufriedener Miene schraubt er den Verschluss auf und schenkt sich sein Glas fast randvoll.

„Was wollen Sie denn?", fragt er mit hochgezogenen Brauen. „Rumschnüffeln? Sich in anderer Leute Angelegenheiten mischen?" Dann schlägt er plötzlich einen versöhnlichen Tonfall an. „Hier nehmen Sie." Er bietet mir sein Glas an, doch ich lehne dankend ab.

„Wussten Sie von den Schwierigkeiten, in denen Ihr Schwager steckte?" „Schwierigkeiten? Den Hotelbrand meinen Sie? Hohe Gewinne sind nun mal mit hohen Risiken verbunden. So ist das. Und Friedrich hatte nicht nur Freunde in der Branche, so wie diesen Valloix, der diese Bettenburgen an der Atlantikküste baut. Friedrich hatte auch Feinde. Aber was soll's? Mein werter Schwager hat sich übernommen mit diesem Projekt. Viel zu kostenintensiv für *Janssen & Dossberg*. Können Sie mir ruhig glauben."

„Und was halten Sie von dem Telefonat, von dem die Haushälterin erzählt hat?"

„Wenn Sie mich fragen", ein lauernder Ausdruck legt sich auf sein Gesicht, „dann ist dieser Heilandt ein durchtriebener Emporkömmling. Ich mag solche Leute nicht."

JASMIN VON HOHENGARTEN

Ich treffe die hochgewachsene Frau von Hohengarten im Wohnzimmer. Sie hat die Tür zur Terrasse geöffnet. Nach den Stummeln im Aschenbecher zu urteilen, dürfte Jasmin bereits ein halbes Päckchen Zigaretten geraucht haben. Dennoch zündet sie sich gerade einen weiteren Glimmstängel an, als ich zu ihr trete.

„Sie waren doch sicherlich über die Vorfälle, den Hotelbrand betreffend, informiert?"

„Aber natürlich. Schließlich bin ich die zuständige Abteilungsleiterin. Eine furchtbare Sache. Das wird uns eine Stange Geld kosten."

„Warum? War das Projekt denn nicht versichert?"

„Natürlich war es das", erwidert Jasmin mit einem Kopfschütteln. „Was denken Sie denn? Aber ob und was und vor allem wann die Versicherungen zahlen? Das liegt nicht in unserer Hand. Weitaus

schlimmer als für *Janssen & Dossberg*, ja eine wahre Katastrophe, dürfte es allerdings für Monsieur Valloix sein, den Unternehmensleiter, der das Projekt realisieren wollte. Der hat es sich mit den französischen Investoren verscherzt. Ich bin mir sicher, dass der Anschlag ihm gegolten hat, nicht unserer Firma."
„Wie können Sie sich da so sicher sein?"
„Meine Liebe, ich reise zu den Investoren-Meetings und es ist meine Aufgabe, über Stimmungen informiert zu sein." Eine Schwade blauen Dunstes umwölkt Jasmin, während sie den gerade eingeatmeten Rauch durch die Nase entweichen lässt. „Wer weiß, ob nicht jemand einfach nur investiert hat, um sich nachher an dem Geld der Versicherungen gütlich zu tun?"
„Und das Telefonat, von dem Sophie erzählt hat?"
„Heilandt ist dumm wie Brot. Wahrscheinlich hat er geglaubt, seine Karriere zu beschleunigen, wenn er sich an Dossberg heranmacht. Das dürfte ja nun gescheitert sein."

PETER HEILANDT

Ein niedergeschlagener Peter Heilandt greift zu der Flasche Whiskey, die Bertram Janssen nebst einigen Gläsern auf den Tisch in der Halle gestellt hat, und schenkt sich ein Glas ein.
„Ich weiß schon, was Sie mich fragen wollen", beginnt er ohne Umschweife zu erzählen. „Ich wäre niemals einfach so an Herrn Dossberg herangekommen, wenn ich nicht ein bisschen nachgeholfen hätte. Seine Frauengeschichten waren dafür ja auch gut geeignet."
„Also stimmt es, dass Frau von Hohengarten und Herr Dossberg eine Affäre hatten?"
„Ja." Er macht eine lange Pause. „Aber da ist noch etwas anderes. Es schien mir fast zu leicht, in Dossbergs Nähe zu kommen. Ich hatte das Gefühl, dass er Angst vor jemandem hatte. Auf meine – nennen Sie es ruhig Erpressung – ging er nur deshalb so schnell ein, weil er nicht noch an einer anderen Front kämpfen wollte. Das war jedenfalls mein Gefühl. Dieser Jemand schien allerdings aus dem geschäftlichen Umfeld zu kommen."

DONATELLA VERUCINI

Der schwere Duft des Parfüms von Donatella steigt mir in die Nase. Ich muss mir ein Niesen verkneifen, das sich immer dann bei mir einstellen will, wenn ich an blühenden Jasminfeldern vorbeispaziere.

„Verdammter Schmerz. Vielleicht sollte ich doch wieder am Stock gehen", sagt sie, als sie mich kommen sieht und sich den Knöchel ihres linken Fußes reibt.

„Kennen Sie Herrn Heilandt eigentlich näher?", frage ich.

„Wie kommen Sie denn darauf?" Empörung spricht aus ihren blitzenden Augen.

„Von Kollegin zu Kollege, meine ich."

„Kollegen? Pah. Haben Sie nicht gerade gehört, was Sophie erzählt hat? Erpresst hat er Friedrich. Mir war immer schon schleierhaft, warum ein so unbegabter Kleckser überhaupt in diese Gesellschaft vorstoßen konnte. Dass da irgendetwas faul war, habe ich mir schon gedacht."

„Das heißt?"

„Das heißt, dass Friedrich Heilandt nur deshalb Aufmerksamkeit geschenkt hat, weil dieser Taugenichts sich ein schmutziges Geheimnis zunutze gemacht hat. So ist das."

„Und welches Geheimnis?"

„Das interessiert mich nicht. Wir haben uns über andere Dinge unterhalten. Über wichtige. Friedrichs Privatleben hat mich nie interessiert."

„Und der Hotelbrand?"

„Gehen Sie mir damit nicht auf die Nerven. Jetzt gibt es eben ein geschmackloses Gebäude weniger auf dieser Welt."

KONRAD JACOBI

Als ich zu Friedrich Dossbergs altem Studienfreund trete, serviert Sophie diesem gerade eine Tasse Kaffee.

„Und eine Aspirin noch, wenn Sie haben", bittet Konrad die Haushälterin. „Scheint so, als müssten wir uns auf eine längere Wartezeit einrichten", grinst er mich an.

„Immerhin geht es hier um Mord."

„Auch um Mord." Mit kraus gezogener Stirn schlürft er seinen Kaffee.

„Worauf spielen Sie an?"

„Herr Dossberg hat mir heute Nachmittag kurz von dem Hotelbrand erzählt. Und er schien zu glauben, dass man ihn persönlich damit treffen

wollte. Jedenfalls hatte ich das Gefühl, dass er einen Verdacht hatte."
„Hat er sich näher dazu geäußert?"
„Nein. Wir sprachen nur sehr kurz darüber." Wieder nimmt er einen Schluck Kaffee.
„Meinen Sie, Peter Heilandt hat etwas damit zu tun?"
„Wegen des Telefonats meinen Sie? Kann ich mir nicht vorstellen. Jedenfalls hat er über dieses Gespräch keinen Ton verloren. Scheint ja auch ein heikles Thema gewesen zu sein."
Sophie Menzel erscheint mit einem Tablett, auf dem ein Glas Wasser steht. Darin sprudelt eine Tablette.
„Danke", sagt Konrad und leert das Glas in einem Zug.

WILHELM BAGUNDE

„Ich muss zugeben, dass mich die Ausführlichkeit, mit der heute Abend in aller Öffentlichkeit über die Familie Dossberg hergezogen wird, anwidert." Wilhelm zupft nervös an einem Blumenbouquet und sammelt ein paar abgefallene Blätter von der weißen Tischdecke. „Ich muss bekennen, dass mir eine solche Situation noch nie untergekommen ist."
„Nun ja", meine ich beschwichtigend. „Immerhin ist Herr Dossberg ermordet worden. Meinen Sie nicht, dass hier bestmögliche Aufklärung geboten ist?"
„Da haben Sie sicher Recht", räumt Wilhelm ein. Sein Blick schweift durch die Halle, auf der Suche nach einer Aufgabe, mit der er sich ein wenig ablenken könnte.
„Können Sie etwas mit dem Fax aus Spanien anfangen?", frage ich den Hausdiener.
„Es ist nichts Ungewöhnliches daran. Das *Hotel del Sol* ist das einzige Hotel, in dem die Mitarbeiter von *Janssen & Dossberg* logieren, wenn Sie nach La Coruña fliegen. Es gehört zu jener Hotelkette, in deren neuestes Bauvorhaben *Janssen & Dossberg* gerade investiert haben. Wissen Sie, die Investoren bekommen einen Sonderrabatt. Ich weiß das, weil ich für Herrn Dossberg dort selbst einmal ein Zimmer reserviert habe."

SOPHIE MENZEL UND JOSEPH FISCHING

Die Haushälterin und der Chauffeur sitzen in der Küche und unterhalten sich in gedämpftem Tonfall. Als ich dazu trete, blicken sie mich fragend an.
„Möchten Sie einen Kaffee?", fragt Sophie. „Ich habe gerade frisch gekocht." Sie weist auf eine Kanne auf der Arbeitsfläche. „Und entschuldigen Sie das Chaos," setzt sie hinzu, „aber ich war mitten in den Vorbereitungen, als …" Dann versagt ihr die Stimme den Dienst.
„Lass gut sein, Sophie." Joseph Fisching scheint nach tröstenden Worten zu suchen, findet aber wohl keine. „Das is' jetz' nich' so wichtig."
„Eigentlich wollte ich Ihnen ein paar Fragen stellen."
„Wieso? Weil der Kutscher immer was weiß?", schmunzelt Joseph.
„Immerhin sind Sie doch oft mit Herrn Dossberg allein gewesen, wenn Sie gefahren sind."
„Ja, aber viel geredet hat der nich'. Hat meistens seine Papiere durchgearbeitet oder in seinen Laptop gehackt."
„Entschuldigen Sie mich", sagt Sophie. „Ich muss jetzt nach oben ins Bad und etwas Ordnung schaffen. Frau Dossberg hatte ja kaum Zeit, ihre Gesichtsmaske abzunehmen. Ich möchte nicht, dass Frau Dossberg auf das Chaos trifft, wenn Sie sich zurückziehen will." Sie wirft dem Chauffeur noch einen innigen Blick zu, dann verschwindet sie.
„Ohne Sophie wäre ich hier schon längst weg", sagt Joseph. In seinen Augen kann ich die Faszination sehen, die die Haushälterin bei ihm auslöst. Muss Liebe schön sein!

Viertes Kapitel

JE SPÄTER DER ABEND...

JE SPÄTER DER ABEND...

Um halb acht stehe ich wieder in der Eingangshalle der Villa Dossberg und halte Rückschau auf die vergangenen Ereignisse: Friedrichs Ermordung, die geheimnisvollen Umstände, die zu dieser Schreckenstat geführt haben, der Hotelbrand an der französischen Atlantikküste, die Bilder, mit denen das Mordopfer sich kurz vor seinem Ableben beschäftigt hat und nicht zuletzt das Verhalten einiger der anwesenden Gäste – all das produziert eine Vielfalt an Indizien und Hinweisen, die ich richtig zuordnen und entsprechend bewerten muss. Der Abgleich der verschiedenen Schriftstücke und die Suche nach Gemeinsamkeiten von Aussagen, Untersuchungen und Beobachtungen hat mich allerdings schon ein gutes Stück weitergebracht. Und auch, wenn einige Ermittlungsergebnisse nur auf Vermutungen fußen, so bin ich mir doch sicher, dass ich noch Beweise für meine Ahnungen finden kann.
Die Aussagen der Verdächtigen haben mir bisher wenig Stichhaltiges geliefert. Aber ich muss schließlich auch davon ausgehen, dass man mir nicht immer die Wahrheit sagt. In den letzten anderthalb Stunden ist mir klar geworden, dass viele der Anwesenden etwas zu verbergen haben. Das Verhalten der Menschen, die nun gemeinsam mit mir die Halle bevölkern, ist häufig aufschlussreicher als ihre Aussagen.
Da wäre zum Beispiel Eva Dossberg, die gerade aus dem Speisezimmer kommt. Ich kenne sie als beherrschte Hanseatin, die gelernt hat, ihre eigenen Bedürfnisse zurückzustellen und dafür die der Familie in den Vordergrund zu rücken. Gesellschaftliches Ansehen schmeichelt nicht nur ihrer Eitelkeit, es ist auch ein Schutz gegen die Angriffe aus eben jener Gesellschaft. Ich habe sie noch nie derartig aufgewühlt erlebt wie heute Abend, was sicherlich kein Wunder ist, schließlich ist ihr Mann erschossen worden. Doch kann ich mich auch des Gefühls nicht erwehren, dass ihr Innenleben stets vielfältiger gewesen ist, als sie nach außen vorgegeben hat. Möglicherweise ist ihr die Kunst ein Ventil, diese innere Vielfältigkeit auszuleben, während sie sich im gesellschaftlichen Leben als Wertkonservative gibt. Die tiefe Schlucht zwischen beiden Welten kann sie heute nur schwerlich überbrücken; schon wieder hält sie ein Glas Rotwein in der Hand.
Auch ihr Bruder Bertram beruhigt seine Nerven vornehmlich mit Alkohol, scheint darin aber schon geübter zu sein. Seine Verlustängste sind

offenkundig. Bei der Betrachtung seiner Vita muss auffallen, dass er nach und nach den Kontakt zu allem Familiären verloren hat. Wenn er tatsächlich einen Schritt in Richtung Aussöhnung mit Friedrich gehen wollte, so muss ihn der Mord an seinem Schwager darin bestärkt haben, dass er immer zu spät kommt.

Wie ein Fels in der Brandung dagegen erscheint Jasmin von Hohengarten. Den Angriffen, denen sie heute bereits ausgesetzt gewesen ist, hat sie mit stoischer Ruhe getrotzt. Es bleibt abzuwarten, ob ihre Mauer heute noch einstürzt. Eine zunehmende Gereiztheit der Abteilungsleiterin ist jedenfalls unübersehbar.

Peter Heilandt ist die tragische Figur des Abends. Seine allzu naive Denkart und das zufällig durch die Haushälterin belauschte Telefonat haben seine unschöne Intrige auffliegen lassen. Jetzt sitzt er geknickt in der Halle und badet in Selbstmitleid.

Donatella Verucini, die arrogante und aufbrausende italienische Malerin, und der Studienfreund des Mordopfers, Konrad Jacobi, haben sich bisher aus allem herausgehalten. Der Charakter dieser beiden Personen ist für mich am schwersten einschätzbar. Am ehesten könnte man ihr Verhalten als ruhiges Abwarten oder interessiertes Zuschauen beschreiben.

Das Dienstpersonal ist sichtlich bemüht, alles dafür zu tun, dass der Mord an Friedrich Dossberg aufgeklärt wird. Wilhelm Bagunde wird zunehmend unruhig, weil er keine echte Aufgabe findet, die ihn ablenken könnte. Nervös kontrolliert er die einzelnen Zimmer der Villa. Doch außer dem Einsammeln einiger verwelkter Blätter an einem der Blumenbouquets und dem gelegentlichen Nachschenken der Getränke ist er auf sich selbst und seine Gedanken zurückgeworfen. Eine Situation, mit der der Hausdiener offensichtlich schwer zurechtkommt. Sophie Menzel und Joseph Fisching bilden eine Gemeinschaft, die schwerlich aufzubrechen ist. Sie stützen sich gegenseitig und schirmen sich von den anderen Anwesenden ab.

Und dann wären da noch die beiden Kommissare. Der kantige Jens Kolbing hat seit einiger Zeit ein wissendes Lächeln im Gesicht. Seine autoritäre Art trägt er jetzt noch stärker zur Schau. Auch Hedda Bosse-Liebich macht den Eindruck, als habe sie den Wirrwarr aus Geheimnissen, Intrigen und Verdächtigungen durchschaut. In den letzten Minuten hat sie mit geschäftigem Blick einige Telefonate geführt. Gerade beendet sie wieder ein Gespräch und beugt sich zu ihrem Kollegen. „Die drei Kohlezeichnungen", raunt sie ihm zu, während sie sich die Brille zurechtrückt, „sind vor drei Jahren aus einer Privatsammlung in Genf gestohlen worden. Und obwohl der Dieb kurze Zeit später dingfest gemacht und sein Auftraggeber ermittelt werden konnte, sind die Werke verschollen geblieben. Der besagte Auftraggeber hatte sie nämlich bereits wieder veräußert und die Spur, die die Ermittler verfolgten, endete schließlich in einer Sackgasse. Auf dem Schwarzmarkt würde jede einzelne Zeichnung wohl etwa 250.000 Euro bringen."

Dricker & Klein Ermittlungen
Herrengraben 173
20459 Hamburg

23. September 2003

Eva Dossberg
Milchstraße 245
20148 Hamburg

Per Fax

EILT!!!

Sehr geehrte Frau Dossberg,

da Sie diese Information unbedingt noch heute Abend zu bekommen wünschten, hier die Aufführung aller eingehenden und ausgehenden Anrufe vom Apparat Ihres Mannes in den letzten beiden Monaten. Die Gespräche mit Familienangehörigen und Anschlüssen der Firma Janssen & Dossberg habe ich herausgestrichen und nur diejenigen verzeichnet, die wohl als bemerkenswert klassifiziert werden können. Es handelt sich jeweils um Nummern im Hamburger Ortsnetz.

Anschluss	**ein-/ausgehend**	**Datum**	**Beginn**	**Dauer**
J. v. Hohengarten	ausgehend	02.08.	20.48 Uhr	00:45:29
J. v. Hohengarten	ausgehend	03.08.	21.09 Uhr	01:34:55
J. v. Hohengarten	ausgehend	09.08.	21.05 Uhr	00:54:16
J. v. Hohengarten	ausgehend	10.08.	21.01 Uhr	02:08:24
Michael Peier	eingehend	11.08.	21.46 Uhr	00:12:55
J. v. Hohengarten	eingehend	12.08.	23.05 Uhr	01:21:34
J. v. Hohengarten	ausgehend	13.08.	00.27 Uhr	01:52:27
Michael Peier	eingehend	21.09.	22.08 Uhr	00:09:46
Antiquariat Jacobi	ausgehend	23.09.	09.23 Uhr	00:00:26

Ich hoffe, Ihnen mit diesen Informationen geholfen zu haben. Für weitere Instruktionen rufen Sie mich bitte am Montag an.
Hochachtungsvoll, Stephan Dricker

Kolbings Antwort kann ich nicht hören, denn in diesem Moment kommt Wilhelm mit lautem Gepolter die Treppe herunter. Er eilt zu Eva Dossberg, die sich gerade Wein nachschenkt.

„Ich bin mir nicht ganz sicher, ob ich Sie damit belästigen darf", sagt der Hausdiener zu Eva und zeigt ihr ein Blatt Papier. „Aber auf dem Briefkopf ist ein Eilvermerk aufgedruckt. Deshalb denke ich, ich sollte Ihnen dieses Schriftstück umgehend übergeben. Es kommt aus dem Faxgerät Ihres Privatzimmers."

„Wenn wir nun wieder zu unseren eigenen Ermittlungen zurückkommen könnten ..." Kolbing ist ungeduldig „Wir haben uns nun ein Bild von den Örtlichkeiten gemacht und ich möchte noch einige allgemeine Fragen stellen." Er wendet sich an Eva. „Zunächst: Ich benötige den Schlüssel zum Safe in der Galerie. Können Sie mir den bitte aushändigen?"

„Warten Sie, ich hole ihn." Eva geht zur Garderobe an der Treppe und fischt einen Schlüsselbund aus dem Mantel ihres Mannes. „Hier. Dieser ist es."

„Danke." Kolbing nimmt den Schlüssel entgegen. Beiläufig entfernt er eine winzige Menge einer roten Masse, die sich im Öhr des Schlüssels festgesetzt hat. „Bewahrte Ihr Mann seine Schlüssel immer in seiner Manteltasche auf?"

„Ja. Er war mit so etwas sehr nachlässig." Sie stockt. „Ebenso wie mit dem Zustand seiner Garderobe." Eva versucht mit dem Daumen einen Fleck auf dem Kragen des Mantels zu beseitigen, doch ihre Bemühungen scheinen erfolglos zu bleiben. „Sophie, bitte kümmern Sie sich darum." Damit händigt sie das teure Stück der Haushälterin aus.

Plötzlich läutet es an der Tür. Als Wilhelm Bagunde seiner Pflicht nachkommt und öffnet, tritt uns ein verdutzt dreinschauender Mann entgegen. Er übergibt dem Hausdiener einen hübsch dekorierten Präsentkorb und stellt sich als Harald Steinberg vor, Mitarbeiter bei *Janssen & Dossberg*. Ein langer grauer Mantel flattert um dünne Schultern, auf denen ein kleiner Kopf mit vom Wind zerzaustem weißem Resthaar sitzt. Nachdem Kommissar Kolbing ihm erklärt hat, dass Friedrich Dossberg getötet wurde, sinkt Steinberg auf einem der Sessel zusammen. Geistesabwesend blickt er in die Runde. „Ich komme gerade vom Flughafen. Ich war im Urlaub in Spanien. Ermordet sagen Sie? Wie furchtbar."

„Sie kommen direkt vom Flughafen?" Kolbing runzelt die Stirn. „Wie lange waren Sie denn in Spanien?"
„Am 12. September bin ich hingeflogen."
„Und wie erreichte Sie die Einladung?"
„Frau von Hohengarten war so freundlich, mich und meine Frau Karin von der Feier in Kenntnis zu setzen, als wir ihr auf dem Flughafen von La Coruña begegnet sind. Wissen Sie, meine Frau kam gerade von einer Geschäftsreise aus Frankreich. Wir hatten verabredet, uns vier Tage nach meiner Ankunft direkt in Spanien zu treffen, um keine Urlaubszeit zu verlieren. Naja, und zufällig saß Frau von Hohengarten im selben Flugzeug wie meine Frau. Wieso fragen Sie?" Steinberg scheint nervös zu sein.
„Ich frage mich nur, warum Sie ohne direkte Einladung des Gastgebers direkt vom Flughafen hierherkommen. Und wo ist überhaupt Ihre Frau?"
„Friedrich und ich waren freundschaftlich miteinander verbunden." Steinbergs Stimme spiegelt seine Erregung. „Er dachte, ich sei zu diesem Zeitpunkt noch im Urlaub. Dies sollte ein Überraschungsbesuch werden. Meine Frau ist wegen weiterer Geschäfte in Frankreich leider verhindert. Was sollen all diese Fragen?"
„Keine Sorge, Herr Steinberg, wir wissen schon, warum wir unsere Fragen stellen." Hedda Bosse-Liebich spielt das alte Verbindlich-Streng-Spiel.
„Nun." Steinberg erhebt sich. „Jedenfalls sehe ich jetzt keine Veranlassung, weiterhin hierzubleiben."
„Wir können Sie nicht daran hindern, nach Hause zu fahren."

Untersuchen Sie nun wieder eine beliebige Anzahl von Räumen und führen Sie beliebig viele Verhöre mit den Anwesenden. Die Auswahl treffen Sie wie gewohnt in der nachfolgenden Übersicht. Den Fingerzeig für dieses Kapitel können Sie auf Seite 175 einsehen.
*Notieren Sie alle gelesenen Textpassagen (Umschlagseite III) und lesen Sie danach das fünfte und letzte Kapitel **„Tote reden doch"** (Seite 135).*

ÜBERSICHT
zur Auswahl der weiteren Textpassagen

SPURENSICHERUNG (Die Räume der Villa)	Seite
OG – Gästezimmer	117
OG – Schlafzimmer	118
OG – Zimmer von Eva Dossberg	118
OG – Zimmer von Friedrich Dossberg	119
OG – Galerie	119
OG – Badezimmer	120
EG – Arbeitszimmer von Friedrich Dossberg	120
EG – Speisezimmer	121
EG – Wohnzimmer	122
EG – Salon	122
EG – Gäste-WC	123
EG – Küche	123
UG – Zimmer von Wilhelm Bagunde	124
UG – Keller und Lager	124
UG – Zimmer von Sophie Menzel	125
UG – Wäsche- und Heizungskeller	125
UG – Bad	126
UG – offene Kellerräume	126
UG – Speisekammer	127
UG – Garage	127
A – Außenbereich, Garten der Villa	127

VERHÖRE (Die anwesenden Personen)	Seite
Eva Dossberg, Friedrichs Ehefrau (44)	129
Bertram Janssen, Friedrichs Schwager (43)	129
Jasmin von Hohengarten, Abteilungsleiterin bei Janssen & Dossberg (41)	130
Peter Heilandt, Kunstmaler (44)	131
Donatella Verucini, Kunstmalerin (33)	131
Konrad Jacobi, Friedrichs Studienfreund (42)	131
Wilhelm Bagunde, Hausdiener der Dossbergs (50)	132
Sophie Menzel, Haushälterin der Dossbergs (34)	132
Joseph Fisching, Chauffeur der Dossbergs (38)	133

FINGERZEIG ZUM VIERTEN KAPITEL *Seite 175*

SPURENSICHERUNG

OG – DAS GÄSTEZIMMER

Beim Öffnen der Tür zum Gästezimmer verschlägt es mir fast den Atem. Im ganzen Raum hat sich der penetrante Geruch eines aufdringlichen Parfüms ausgebreitet, der schwer auf die Atemwege drückt. Ich stürme zum Fenster und reiße es auf. Erst nachdem die Schwaden einigermaßen abgezogen sind, wende ich mich wieder meinen Ermittlungen zu.

Im Vergleich zu den anderen Räumlichkeiten der Villa ist das Gästezimmer eher karg eingerichtet. Zwar ist auch hier das Mobiliar von erlesener Kostbarkeit, aber die schmucklosen Wände lassen das Zimmer trist erscheinen.

Auf dem Bett liegt eine zierliche Damenhandtasche. In ihr vermute ich den Auslöser für die inakzeptable Geruchsbelästigung. Und richtig: Bei näherer Untersuchung des Tascheninhalts entdecke ich einen undichten Parfüm-Flakon. Ein ebenfalls in der Tasche befindlicher Terminkalender ist von dem auslaufenden Duftwasser schon arg durchweicht. Mit spitzen Fingern ziehe ich einen Briefumschlag hervor, der zwischen die Seiten des Kalenders geklemmt und durch die hinzugekommene Flüssigkeit bereits fest mit ihnen verklebt ist.

Der Umschlag ist an Donatella Verucinis Hamburger Anschrift adressiert und am 13. Juni 2003 in Rom abgestempelt worden. Der Brief darin ist in italienischer Sprache verfasst. Mit dem wenigen Italienisch, das ich verstehe, übersetze ich den Brief bruchstückhaft. Von einer *famiglia* ist da oft die Rede, ebenso wie vom *papá*, der sich mit den falschen Leuten eingelassen hat und nun Angst hat, nicht genügend Geld für die ominöse *famiglia* auftreiben zu können.

Dann fällt mein Blick auf den an der Wand zwischen Bett und Schreibtisch lehnenden Gehstock. Die ungewöhnlich große Gehhilfe erreicht einen Durchmesser von etwa 4 cm und ist reich verziert mit Intarsien in Form von Blumenranken, die sich in verwirrendem Spiel um den Schaft winden und an dessen unterem Ende in ein metallenes Gewinde münden.

OG – DAS SCHLAFZIMMER

Die Ruhestatt der Dossbergs ist alles andere als gemütlich eingerichtet. Es ist erkennbar, dass das Haus so viele Räume besitzt, dass man sich hier wirklich nur zum Schlafen aufhalten muss. Dementsprechend karg ist die Möblierung. Nur die wertvollen Bilder an den Wänden verleihen dem Schlafzimmer etwas Wohnliches.

Andererseits gelingt es mir in dieser leicht sterilen Umgebung umso schneller, die Besonderheiten ins Auge zu fassen: Achtlos auf das kleine Doppelbett, das nur auf einer Seite bezogen ist, geworfen, liegt ein mintgrüner Bademantel, dessen Kragen mit einigen graubraunen Schlammspritzern verunreinigt ist. Der Boden und der Nachttisch neben der bezogenen Seite des Bettes sind überschwemmt von benutzten Taschentüchern. Auf der Anrichte sehe ich ein benutztes Weinglas neben zwei leeren Rotweinflaschen.

OG – DAS ZIMMER VON EVA DOSSBERG

Beim Betreten des Raumes dringen sofort die Gerüche der hier lagernden Öl- und Aquarellfarben in meine Nase. Der Raum gleicht einem Atelier mit aller Unordnung, die für einen solchen Ort symptomatisch ist. Nur der Schreibtisch vor dem Fenster ist streng aufgeräumt. Mit flinken Fingern durchsuche ich die wenigen Dinge auf der Tischplatte. Telefon-Fax-Kombination, Schreibunterlage und ein Glas mit Stiften sind in rechten Winkeln zueinander angeordnet. In den Schubladen herrscht eine ebensolche Ordnung. Beim Stöbern in Evas Papieren entdecke ich zwei Schriftstücke: einen kleinen Zettel (s. Abb. 3) und zwei Faxe (s. Abb. 4).

Nachdem ich die Unterlagen wieder in der Schublade verstaut habe, wandert mein Blick nochmals durch das Chaos des Zimmers. Dabei fällt mir ein Stapel Schmierpapier auf, der auf dem Boden vor der Staffelei liegt und als Unterlage für die darauf trocknenden Pinsel dient. Instinktiv bücke ich mich und nehme die Blätter in Augenschein. Es handelt sich um Fotokopien von Akten, die aus der Firma *Janssen & Dossberg* stammen. Bei dem Dossier handelt es sich um ein Worst-Case-Szenario, das beschreibt, welche Optionen der Firma *Janssen & Dossberg* im Falle von Friedrich Dossbergs Ableben blieben. In diesem Fall, so die Verfasser, käme derzeit nur Bertram Janssen als Nachfolger in Frage. Er allein verfüge über die erforderliche Erfahrung und das Fachwissen und sei außerdem ein Familienmitglied der Janssens – kein unbedeutendes Detail. Immerhin handele es sich bei der Firma um ein Familienunternehmen. Eva Dossberg wird wegen mangelnder Erfahrung die Leitung der Firma nicht zugetraut.

OG – DAS ZIMMER VON FRIEDRICH DOSSBERG

Beim Betreten des Raumes werde ich von einer wenig freundlich dreinblickenden Maske, die an der Wand hängt, begrüßt. Sie ist, wie der Großteil des übrigen Interieurs, Teil der Sammlung asiatischer Kunstschätze aus den verschiedensten Epochen. So vollgestopft ist der Raum mit Relikten aus dem Morgenland, dass die übrige Unordnung, die hier herrscht, kaum auffällt. Der Schreibtisch biegt sich unter der Last ansehnlicher Aktenberge. Einer der zuoberst liegenden Ordner erregt mein Interesse. Er trägt die Aufschrift *J & D / Presse 2003* und enthält Zeitungsausschnitte. Der letzte Eintrag ist auf den 17. September datiert (s. Abb. 1). In dem Ordner liegt ein loses Blatt (s. Abb. 2).

Meine Untersuchung führt mich weiter in den Raum hinein. Auf dem Sofa liegen ein Kopfkissen und eine zerknautschte Decke – beides blauweiß kariert. Auf dem kleinen runden Tisch steht ein Aschenbecher, in dem ich fünf nur halb gerauchte Zigaretten zähle. Außerdem entdecke ich, von der Asche halb verdeckt, einen kleinen roten Fisch aus Plastik, dessen vormaliger Verwendungszweck mir allerdings schleierhaft bleibt.

OG – DIE GALERIE

Das Obergeschoss des Turmes beherbergt die private Galerie der Villa. Besonders auffällig ist das Beleuchtungskonzept. Mittels vieler blauer Glühbirnen, die in etwa 30 cm tiefen Bodenschluchten versenkt sind, werden Decke und Wände des Raumes angestrahlt. Diese wiederum sind weiß gestrichen, sodass sie das auf sie fallende Licht reflektieren und der Umgebung eine ausgesprochen kühle, aber keineswegs ungemütliche Atmosphäre verleihen. Über die Bodenschluchten, die sich quer durch den Raum ziehen, sind grobmaschige Gitter geschraubt, damit die Besucher über sie hinwegschreiten können. In einer der Bodenvertiefungen in der Nähe des Safes liegt eine Metallkappe mit Innengewinde. Ich schätze ihren Durchmesser auf etwa 4 cm.
Wie in jedem der vergangenen Jahre stellt Donatella Verucini heute

einige ihrer Werke aus. Eine der Stellwände jedoch ist für Zeitungsausschnitte reserviert, die Friedrich Dossbergs Kritikerkarriere illustrieren (s. Abb. 7).

OG – DAS BADEZIMMER

Im Badezimmer der Dossbergs treffe ich auf die Haushälterin. Sie bemüht sich mit Allzweckreiniger und Schwamm das Waschbecken wieder in den Zustand zu versetzen, in dem sich auch Badewanne und Dusche präsentieren: strahlend weiß.
„Ich bin gleich fertig, Sie können dann sofort ins Badezimmer." Sophie wringt einen Schwamm in einem Putzeimer aus.
„Lassen Sie sich Zeit, ich versuche es unten im Gäste-WC", erwidere ich und verlasse den Raum.

EG – DAS ARBEITSZIMMER VON FRIEDRICH DOSSBERG

Die Spurensicherung hat den Tatort gründlich abgesucht. Für das Auge des Hobbydetektivs gibt es hier kaum noch etwas zu entdecken. Doch wenn ich schon einmal hier bin, kann ich mich wenigstens in die Akten des verstorbenen Hausherrn vertiefen, denke ich. Die Hemmschwelle, die Privatsphäre meiner Gastgeber zu verletzen, ist in den letzten Stunden doch erheblich gesunken. Und tatsächlich werde ich fündig.
In Friedrichs Akten befinden sich auch die Unterlagen, die die Arbeitsverhältnisse zwischen der Familie Dossberg und den Hausangestellten betreffen.
Der gebürtige Kölner Wilhelm Bagunde trat seinen Dienst als Hausdiener in der Villa Dossberg am 15. März 1995 an. Sein Gehalt von monatlich 1.500 Euro wird auf ein Konto bei der BAK-Bank überwiesen. Aus den Unterlagen geht weiterhin hervor, dass Wilhelm nur ein einziges Mal während seiner Beschäftigungszeit Urlaub genommen hat, um vier Wochen in Barcelona auszuspannen.
Die Haushälterin Sophie Menzel ist in Hamburg geboren. Ihr Arbeitsvertrag beginnt am 15. März 1995 und sichert ihr ein Gehalt von 1.100 Euro monatlich zu.
Der ebenfalls aus Hamburg stammende Chauffeur Joseph Fisching ist zum 1. November 2001 unter Vertrag genommen worden. Er bezieht ein Gehalt von monatlich 1.600 Euro. Seine Anschrift lautet Eppendorfer Marktplatz – eine zwar nicht noble, aber immerhin repräsentative

Adresse. Hinter dem Arbeitsvertrag für Fisching ist ein älterer Vertrag eingeheftet, der sich offenbar auf den früheren Chauffeur, Constantin Walter, bezieht. Ihm wurde zum 30. September 2001 gekündigt.

EG – DAS SPEISEZIMMER

Der riesige Esstisch ist bereits abgeräumt. Nur in der Mitte erhebt sich eine üppig mit Herbstblumen gefüllte Blumenvase. Anscheinend ist der Strauß ein Geschenk von einem von Friedrichs Freunden, der den floralen Gruß per Boten übermittelt hat, denn an der Vase lehnt eine Geburtstagskarte.

> Alles Gute, mein Lieber.
>
> Ich werde den Besuch bald nachholen.
> Oder Ihr beide kommt nach Frankreich.
> Im nächsten Monat gibt es eine Moritz-Lustig-Ausstellung in Avignon. Und ich weiß doch, wie sehr Eva seine Bilder liebt.
>
> Fühlt Euch also eingeladen.
>
> Mit besten Wünschen, Pascal.

Sonst kann ich nichts Auffälliges entdecken.

EG – DAS WOHNZIMMER

Donatella Verucini hat sich ins Wohnzimmer zurückgezogen. Hier thront sie nun auf dem Sofa, das linke Bein auf einen ganzen Stapel Kissen gebettet. Mit einer Fernbedienung betätigt sie die im Regal stehende Stereoanlage. Aber keines der Musikstücke scheint ihre Gnade zu finden.
„Nichts als Klavierkonzerte", stöhnt sie auf, als sie mich sieht. „Könnten Sie mir den Gefallen tun und nachsehen, ob es auch Opern in der Sammlung gibt?"
„Ich bin mir nicht sicher, ob ich Ihren Geschmack richtig einschätzen kann", gebe ich zurück. Mittlerweile weiß ich, dass der Unwille der Italienerin auch durch einen noch so unbedeutenden Fehltritt zu erregen ist.
„Dann eben nicht!" Mit einem dramatischen Seufzer stemmt sie sich von ihrem Ruhelager hoch und bringt beide Füße auf den Boden. Vorsichtig macht sie einen Schritt nach vorn, dann noch einen. Plötzlich rutscht eines der Kissen vom Sofa direkt vor ihre Füße und Donatella stolpert. Glücklicherweise kann die Malerin sich geschickt abfangen und so einen Sturz verhindern.
„Lassen Sie nur", sage ich fürsorglich. „Ich werde schon etwas finden." Damit begebe ich mich zum Regal und wähle „Tosca". Als ich mich zum Gehen wende, sehe ich, dass der Chauffeur Joseph Fisching auf der Terrasse steht und raucht.

EG – DER SALON

Neben seiner Liebe für die Malerei hatte Friedrich auch eine Ader für Antiquitäten. Vor allem Möbel aus viktorianischer Zeit hatten es ihm angetan – ein Interesse übrigens, das er mit seinem Schwiegervater August teilte. So ist der Salon schon seit langer Zeit ein Hort des alten englischen Stils. Lediglich der Flügel und die Stereoanlage blicken auf eine ungleich kürzere Geschichte zurück. Und auch die farbenfroh eingepackten Geburtstagsgeschenke, die Friedrich Dossberg nicht mehr wird in Empfang nehmen können, wirken wie ein Anachronismus.
Die schweren Vorhangstoffe, die dicken Teppiche und die zwei Gobelins an den Wänden dämpfen jedes Geräusch, sodass das Knistern des Kamins kaum an mein Ohr zu dringen vermag. Durch eines der Fenster kann ich die Auffahrt einsehen. Von diesem Standpunkt aus

könnte man meinen, durch ein Guckloch in eine andere Zeit zu blicken. Auf dem Kaminsims entdecke ich ein Foto von Evas und Friedrichs Hochzeit. Die langen schwarzen Haare der Braut sind zu einer filigranen Frisur hochgesteckt und sie trägt klassisches Weiß. Friedrich, damals noch um einige Pfunde leichter, steckt in einem marineblauen Anzug. Die Freude, die die beiden ausstrahlen, ist ehrlich. Da gibt es für mich keinen Zweifel. Auf einem anderen Foto, das die versammelte Hochzeitsgesellschaft zeigt, entdecke ich auch Bertram Janssen. Mir scheint, dass ihm keine so große Freude ins Gesicht geschrieben ist.

EG – DAS GÄSTE-WC

Die Nasszelle für die Gäste erfreut sich heute außerordentlicher Beliebtheit. Jedenfalls sind die Spuren meiner Vorgänger unübersehbar. Diverse benutzte Handtücher liegen in dem kleinen Korb neben dem Waschbecken, Wasserspritzer ziehen sich über den barock gerahmten Spiegel, Fußspuren verunzieren die Bodenfliesen. Nur die kleine Dusche neben der Tür hat sich ihre Unberührtheit bewahrt.

Ein wohlmeinender Gast hat eine Lektüre auf den Boden neben die Toilettenschüssel gelegt. Es ist eine Stadtillustrierte, der Gesellschaftsteil ist aufgeschlagen. Fast wäre es mir entgangen, aber dann erkenne ich Evas Gesicht auf einem abgebildeten Foto. Der dazugehörige Artikel enthält einen Bericht über eine Theater-Premiere in der letzten Woche, zu der Eva alleine erschienen war. Der Kommentar der Yellow-Press: *Tiefe Schatten haben sich unter ihre Augen gegraben. Auf die Frage nach ihrem Gatten antwortet sie nur mit leerem Blick und einem Zitat von Conrad Ferdinand Meyer: „Zwei Füße zucken in der Glut."*

EG – DIE KÜCHE

Das Chaos, das in diesem Raum herrscht, kann ich wohlmeinend übersehen. Die arme Sophie Menzel hat heute wirklich andere Sorgen, als sich um die Ordnung an ihrem Hauptarbeitsplatz zu kümmern. Also nasche ich nur hier und da von der Rohkost in Zitronensaft und vom aufgeschnittenen Weißbrot.

Als ich beim Kühlschrank angelangt bin, muss ich schmunzeln. Auch in die Villa Dossberg haben die bunten Magnete, mit denen allerlei Nützliches und Unnützes an der Kühlschranktür befestigt wird, Einzug gehalten. Eigentlich ein Stilbruch. Aber vielleicht haben es Küchen ja so an sich, Freiräume für Freigeist zu sein.

Unter einem der Magnete sehe ich ein Foto. Es zeigt Bertram Janssen mit einer schwarzhaarigen Frau. Beide beugen sich über ein Kinderbettchen, das offensichtlich in einem Krankenhaus steht. Auf der Rückseite des Bildes ist zu lesen: *Juli 88: Sandra ist da! Gruß – Katharina und Bertram.*

UG – DAS ZIMMER VON WILHELM BAGUNDE

Wenn der Hausdiener sich nicht gerade um seine Pflanzen kümmert, die hier in unüberschaubaren Mengen stehen – es ist kaum ein Durchkommen zwischen den wuchtigen Töpfen auf dem Fußboden – dürfte er sich mit der Lektüre von Kriminalliteratur beschäftigen. Auf einem alten Ohrensessel liegt die Taschenbuchausgabe des Romans „Dali-Fee" von Cipfi Rainick.

Weitere Schriftstücke entdecke ich auf dem Schreibtisch. Zum einen kann ich eine Notiz einsehen (s. Abb. 6), zum anderen befördert die schwungvolle Drehung meiner Hüfte eine zweite Liste zutage, als ich mit genanntem Körperteil und -einsatz gegen einen Topf stoße, der sodann zu Boden fällt und eine Klarsichtfolie mit sich in die Tiefe reißt. Den Inhalt des Dokumentenschutzes studiere ich, als ich die Unordnung so gut wie möglich zu beheben versuche. Es ist eine Aufstellung von persönlichen Vorlieben, Abneigungen und Marotten, die die Gäste, die öfter in der Villa weilen, haben (s. Abb. 8). Wilhelm ist tatsächlich ein alter Meister seines Fachs.

UG – KELLER UND LAGER

Die erdrückende Dunkelheit flieht vor den zuckenden Blitzen der Neonröhren, als ich den Lichtschalter betätige. Ein überdimensionales Regal und zwei ebenfalls kolossale Schränke beherrschen den Raum. An den Wänden lehnen überdies alte Bilderrahmen, verzogene Leinwände und allerlei im Dunkel des Kellers Vergessenes.

Im Regal finde ich die Mappen, in denen Friedrich die Werke der von ihm unterstützten Künstler gesammelt hat. Die alphabetische Sortierung macht mir das Auffinden der Mappen *Heilandt* und *Verucini* leicht. Während die Mappe der italienischen Malerin dick und schwer und ihr Inhalt mit zahllosen Notizzetteln (*für die Ausstellung im Goldbek-Museum, zur Vorlage in der Galerie Tannert, zum*

Verkauf an das Berliner Museum der Künste usw.) beklebt wurde, ist die Mappe von Peter Heilandt mit nur fünf Ölgemälden gefüllt. Die einzige Notiz auf der Mappe lautet: *unnütz*.
In den Schränken lagern die eher persönlichen Gegenstände der Dossbergs. Ganz besonders interessiert mich ein Karton, der bis zum Rand mit Notizbüchern gefüllt ist. Ein Blick in die Memoriale zeigt mir, dass Friedrich sie als eine Art Mischform aus Tagebuch, Terminkalender und Platz für persönliche Gedanken verwendet hat. Beim Querlesen der einzelnen Bücher stoße ich auf manch interessante Information (s. Abb. 9)

UG – DAS ZIMMER VON SOPHIE MENZEL

Die Einrichtung des Raumes würde den Ansprüchen der Hausbesitzer in keinster Weise gerecht werden. Schwedischer Stil, wohin das Auge blickt. Auch der Besitz der Haushälterin ist überschaubar. Am ungewöhnlichsten dürfte die Handtaschensammlung im Schrank sein. Auf dem Schreibtisch sehe ich einen Ordner mit der Aufschrift *Papierkrieg*. Die Lektüre der eingehefteten Papiere enthüllt mir, dass Sophie Menzel am 15. März 1995 von den Dossbergs eingestellt worden ist. Allerdings belegen die ebenfalls eingehefteten Zeugnisse, dass die gelernte Buchhändlerin nie zuvor einer hauswirtschaftlichen Arbeit nachgegangen ist.

UG – DER WÄSCHE- UND HEIZUNGSKELLER

Nachdem ich den Raum betreten und einen hölzernen Keil zwischen Tür und Boden geschoben habe, wende ich mich entschlossenen Schrittes der Waschmaschine zu. Sofort entdecke ich den Mantel von Friedrich Dossberg, der in einem Wäschekorb auf der Maschine liegt.
Als ich mit flinken Fingern den Mantel aus schwarzem Filzstoff untersuche, greife ich zunächst in ein Taschentuch, das glücklicherweise noch nicht benutzt zu sein scheint. In der Innentasche werde ich dann fündig. Ich ziehe eine rote Karte hervor, auf der zu lesen ist: *Club Rouge – Talstraße 142 – tgl. geöffnet 18 – 6 h – carpe noctem!* Mit ausladender Handschrift ist außerdem ein Name auf die Rückseite der Karte geschrieben: *Chantall*.
Die übrigen Einrichtungsstücke des Raumes, ein Trockner und ein Heizkessel, beinhalten nichts Bemerkenswertes.

UG – DAS BAD

Das stille Örtchen der Hausangestellten ist alles andere als modern eingerichtet. Hellbraune Fliesen und pastellgrüne Sanitärkeramik sind seit den 70er-Jahren eigentlich eine Zumutung. Da der Raum aber auch ansonsten wenig Gemütlichkeit ausstrahlt, dürfte sich hier ohnehin niemand länger als nötig aufhalten.

Bei einem prüfenden Blick in den Spiegel – der Abend hat bereits deutliche Spuren in meinem Gesicht hinterlassen – bemerke ich die zwei Zahnputzbecher auf der Ablage. Einer der beiden ist mit dem Namen „Wilhelm" beschriftet und enthält eine Zahnbürste, eine Zungenbürste, Zahncreme für schmerzempfindliche Zähne, Zahnseide, Zahnzwischenraumbürsten, ein kleines Fläschchen Mundwasser und ein Mundspray. Ein winziger Luftzug würde den Becher vermutlich zu Fall bringen und seinen gesamten Inhalt über den Boden verstreuen. Da ich Ewigkeiten bräuchte, um alle Gegenstände wieder so kunstvoll in- und umeinander verschachtelt in das Gefäß zu puzzlen, richte ich meine Aufmerksamkeit dem anderen Zahnputzbecher zu, in dem sich nur eine Zahnbürste befindet. Daneben allerdings steht eine elektrische Bürste mit so vielen Zusatzfunktionen, dass ich mich wundere, warum sie die Uhrzeit nicht gleich mit anzeigt.

UG – DIE OFFENEN KELLERRÄUME

Das geräumige Regal an der Kellertreppe enthält so ziemlich alles, was der Mensch nicht braucht. Das Hauspersonal ist sehr darum bemüht, kein Chaos in das Sammelsurium wenig nutzbarer Dinge zu bringen. Alles ist aufgeräumt und sogar beschriftet.

Der offene Bereich vor der Speisekammer scheint mir die letzte Bastion gepflegter Unordnung zu sein. Hier türmen sich Kisten und Kartons, kreuz und quer liegende Holzbalken und andere skurrile Dinge, deren Verwendungszweck vermutlich niemandem mehr bekannt ist. Unter anderem sehe ich zwei Kisten mit Rotweinflaschen. Das Etikett auf den Kisten erklärt den 12. September dieses Jahres zum Lieferdatum. Ein näherer Blick enthüllt mir, dass die Kisten bereits mit leeren Flaschen gefüllt sind.

UG – DIE SPEISEKAMMER
Beim Öffnen der Tür steigt mir eine ulkige Mischung aus verschiedenen Gerüchen in die Nase: Schinken, Ananas, frisches Brot, Porree und Tomaten. Die nähere Untersuchung der prall gefüllten Regale verursacht zwar einen leichten Appetit, aber in meinen Ermittlungen werden mich saure Gurken, Salami und Parmesan wohl nicht weiterbringen.

UG – DIE GARAGE
Die Garage selbst erscheint mir weniger interessant, zumal der Platz hier nur ausreicht, um sich gegen die Wand zu drücken. Aber der Wagen, Friedrich Dossbergs Limousine, erregt meine Aufmerksamkeit. Die Türen sind nicht verschlossen und so setze ich mich auf den Rücksitz. Hier liegt das Notebook des Mordopfers.
Nachdem ich es angeschaltet habe, durchstöbere ich die Dateien. Auf der Festplatte entdecke ich zwei gespeicherte E-Mails (s. Abb. 5).
Um meine Nachforschungen zu komplettieren, untersuche ich dann auch den vorderen Bereich des Wagens. Im Handschuhfach liegt neben einem Paar Handschuhen und einer Flasche Türschloss-Enteiser auch das Fahrtenbuch. Den Einträgen zufolge wird Joseph Fisching auch mit der Erledigung kleinerer Besorgungen betraut, und auch die wöchentlichen Einkäufe hat er zu erledigen. Die letzte Zeile lautet:
Datum: *23.09.;* ***Fahrzeit:*** *10:00 – 15:30;* ***Fahrstrecke:*** *Villa – Firma – Villa;* ***Grund der Fahrt:*** *Dienstfahrt;* ***Fahrer/Insassen/Ladung:*** *Fisching/Dossberg/–;* ***km-Stand Fahrt Ende:*** *23554.*
Ein Blick auf den Kilometerstand am Tacho bestätigt die Zahl.

A – AUSSENBEREICH, GARTEN DER VILLA
Der große Garten, der die Villa umgibt, ist penibel sauber gehalten. Wildwuchs und Unkraut müssen akkurat geharktem Boden und perfekt geschnittenem Rasen weichen. Dass man es auf den Nachbargrundstücken nicht so genau mit dem Gartenbau nimmt, zeigt ein Blick durch den schmiedeeisernen Zaun, dessen Spitzen in einer Höhe von drei Metern in der untergehenden Sonne blitzen.
Hinter dem Haus befindet sich der See. Ein Gewässer, dessen Tiefen unergründlich sind und dessen Uferbewuchs das Einzige ist, was der Natur überlassen wird.
Auf dem sorgsam geharkten Kies der Auffahrt steht Konrad Jacobis

dunkelgrüner Wagen mit Hamburger Kennzeichen. Ein Blick durch das Fenster auf der Beifahrerseite sei mir gewährt, denke ich. Der Fußraum ist übersät mit leeren Getränkedosen, kleinen Papierschnipseln und diversem Verpackungsmaterial.

VERHÖRE

EVA DOSSBERG

Verschämt hält Eva das ihr zugetragene Fax in den Händen. Es ist ihr sichtlich unangenehm, als ich sie darauf anspreche.
„Eine notwendige Maßnahme, um den Namen der Familie zu schützen. Die kleine Schlampe hätte es doch fast geschafft, uns zu ruinieren", betont sie erklärend. Dann macht sie auf dem Absatz kehrt und lässt mich stehen.

BERTRAM JANSSEN

„Guter Jahrgang. Wirklich. Guter Jahrgang." Bertram steht schwankend am Tisch in der Halle und gießt Whiskey in sein Glas. „Eva? Du solltest Dir auch einen genehmigen. Jetzt ist es ja raus. Ha. Es ist endlich raus. War wohl doch nicht so ein feiner Kerl, mein Herr Schwager." Er blickt in die Runde, kann seine Schwester aber nicht finden. Dann wendet er sich wieder der Flasche zu. „Wirklich. Guter Jahrgang."
„Meinen Sie nicht, dass Sie genug haben?" Zuerst scheint Bertram nicht genau orten zu können, woher die Frage kommt, aber dann gerate ich in sein Blickfeld.
„Frau Neufeld. Ist das nicht eine ausgelassene Party? Hier nehmen Sie." Er bietet mir sein Glas an, aber ich lehne ab. „Dann eben nicht. Bleibt mehr für mich. Is' auch gut. Sie wollen lieber einen", er hebt die Stimme, „kühlen Kopf bewahren, hä?" In einem Zug leert er sein Glas. „Bisschen Detektiv spielen, hm? Na, dann fragen Sie mich doch mal, wer hier der Mörder ist. Das interessiert uns doch alle. Na fragen Sie schon!" Wieder schenkt er sich nach.
„Wissen Sie es denn?"
„Nein." Er scheint seine Antwort sehr amüsant zu finden, denn ein Lächeln umspielt seine Lippen. „Nein, Frau Kommissar, das kann ich Ihnen nicht sagen. Leider." Er macht eine Pause, um einen Schluck Whiskey zu nehmen. „Aber eines kann ich Ihnen genau sagen. Und das sage ich Ihnen jetzt auch. An Evas Stelle hätte ich genauso gehandelt. Ich kann meine Schwester sehr gut verstehen. Warum? Weil ich sie kenne. Weil sie unseren Ruf um jeden Preis retten will. Da muss man schon mal abwegige Wege gehen. Abwegige Wege." Er lacht gehetzt, bis er aufstoßen muss.

„Und was halten Sie von Herrn Steinberg?"
„Guter Mann. Hat schon unter meinem Vater in der Firma gearbeitet. Wirklich. Guter Mann." Dann blickt er mich mit seinem Raubvogelblick an, kann aber ein leichtes Schielen nicht verhindern. „Glauben Sie, der Steinberg hätte …? Haha. Der Steinberg! Jetzt will ich Ihnen mal was sagen. Wenn Sie hier wirklich Detektiv spielen wollen, dann kümmern Sie sich mal um diesen Jacobi. Dieses Riesenarschloch. Den kennt doch kein Schwein hier." Wieder nimmt er einen Schluck. „Und er scheint sich ja sehr für unsere Familienangelegenheiten zu interessieren. Oder warum hängt der immer noch hier rum? Is' doch wahr."

JASMIN VON HOHENGARTEN

Der Platz von Frau von Hohengarten ist stets der neben dem Aschenbecher. Gerade zündet sie sich mit dem glühenden Stummel der einen Zigarette eine neue an, pustet den Rauch hastig in Richtung Zimmerdecke und streicht sich mit der behandschuhten Hand über die Haare. Als sie sieht, dass ich auf sie zukomme, steht sie auf und wendet sich in Richtung Wohnzimmer. Ich folge ihr und alsbald stehen wir beide auf der Terrasse.
„Hier versucht mich jemand reinzureiten", sagt sie, während sie die Terrassentür schließt. „Die wollen mir einen Mord anhängen!"
„Wie kommen Sie darauf?"
„Meine Liebe, was ist das für eine Frage? Erst der Butler mit seinen infamen Unterstellungen und jetzt diese ominöse Detektei." Sie blickt lange versonnen in den Garten und nimmt einen weiteren Zug von ihrer Zigarette. „Wahrscheinlich gefällt es da jemandem nicht, dass ich Friedrichs Vertrauen genossen habe. Wir waren ein hervorragendes Team und haben beide wichtige Positionen in der Firma inne. Da versucht jemand, Friedrich und mich mit einem Streich aus dem Spiel zu nehmen. Haben Sie darüber schon einmal nachgedacht?"
„Aber Sie haben doch ein Alibi."
„Natürlich habe ich das. Ich war ja zum Zeitpunkt des Mordes gar nicht im Haus." Nervös saugt sie an der Zigarette. „Aber der Ruf? Aus so was kommt man nie ganz unbeschadet wieder raus."
„Haben Sie denn jemanden im Verdacht?"
Sie blickt mich lange aus unergründlichen Augen an.
„Bertram Janssen", sagt sie schließlich.

PETER HEILANDT

„Da hat die Meute jetzt also jemand anderen im Fadenkreuz", sagt Peter Heilandt, als ich mich zu ihm geselle und ihn nach seiner Meinung über das Fax befrage. „Wenn das so weitergeht, bringen die sich noch gegenseitig um." Er stockt. „Entschuldigung, das war wohl unpassend. Aber über das Fax kann ich nichts sagen. Keine Ahnung, was Frau Dossberg sich dabei gedacht hat."

„Ist Ihnen Herr Steinberg schon einmal über den Weg gelaufen?"

„Ich habe ihn tatsächlich schon einmal gesehen. Seltsamer Typ, aber kein Mörder, wenn Sie mich fragen. Danach sieht er nun wirklich nicht aus."

„Und wie sieht so ein Mörder aus?" Ich muss grinsen, weil diese rhetorische Frage in jedem zweiten Fernsehkrimi gestellt wird.

„Ich glaube, unserem Mörder ist die Eifersucht ins Gesicht geschrieben. Und jetzt können Sie sich jemanden aussuchen."

DONATELLA VERUCINI

„Wer hätte das gedacht? Das also ist des Pudels Kern." Mit umständlichen Bewegungen rückt Donatella ein Kissen unter ihrem linken Fuß zurecht. Dann greift sie zu einem Taschentuch. „Finden Sie es nicht auch furchtbar heiß hier drinnen?"

„Des Pudels Kern?", frage ich verdutzt.

„Ich wusste doch, dass Sie nur Bilanzen lesen können." Sie wirft exaltiert den Kopf in den Nacken. „Da habt ihr in diesem freudlosen Land mal einen lustbetonten Intellektuellen, und dann liest ihn keiner." Sie ballt die Faust und lacht. „Haben Sie mal einen Blick auf das Fax geworfen? Auch eine interessante Lektüre. Die betrogene Ehefrau und die verlassene Geliebte. Was für ein Stoff. Da haben wir also gleich zwei Pudel. Fragt sich nur, welcher am Ende den teuflischeren Kern hat."

„Kennen Sie Harald Steinberg näher?"

„Ein unsympathischer Mensch."

Eine andere Antwort hätte mich überrascht.

KONRAD JACOBI

Von einem der Sessel in der Halle ertönt ein leises Schnarchen. Konrad Jacobi hat den Kopf in die Innenfläche seiner Hand gestützt und bietet ein bemitleidenswertes Bild. Der mütterliche Instinkt in mir drängt mich dazu, eine Tasse Kaffee und ein Glas Wasser aus der Küche zu holen und beides auf den Tisch neben Konrads Sessel zu stellen. Ich will mich schon wieder zum Gehen wenden, als der so Beschenkte plötzlich erwacht.

„Sie sind meine Retterin", sagt er dankbar. „Das ist genau das, was ich brauche."

„Haben Sie das Fax gesehen?"

„Verwirrt blickt er mich an. Das Fax? Welches Fax? Nein, tut mir leid, ich bin vor einer ganzen Weile eingeschlafen."

„Es gibt da eine Telefonliste, in der der Eintrag ‚Antiquariat Jacobi' auftaucht."

„Ah, ach so. Nun. Dann wird Herr Dossberg wohl mit meinem Bruder telefoniert haben. Der hat hier in Hamburg ein Geschäft."

„Das Eintreffen von Herrn Steinberg haben Sie auch verschlafen?"

„Wie? Nein, nein. Da war ich wohl gerade noch wach. Aber ich kenne Herrn Steinberg auch gar nicht."

WILHELM BAGUNDE

Es ist das erste Mal an diesem Abend, dass ich Wilhelm keine Verrichtungen machen sehe. Er dreht und wendet den Kopf auf der Suche nach einem Staubkörnchen oder einem verrutschten Blumenbouquet, doch in der Halle ist alles tadellos. Diese Situation scheint ihm unangenehm zu sein. Vielleicht wendet er sich mir deshalb besonders gerne zu, als ich ihn anspreche.

„Kennen Sie diesen Herrn Steinberg?"

„Selbstverständlich. Herr Steinberg ist ein gern gesehener Gast in diesem Hause. Er arbeitet schon sehr lange für Herrn Dossberg."

„Also sind seine Aussagen glaubwürdig?"

„Absolut. Ich selbst habe noch am Nachmittag mit ihm telefoniert. Er kündigte mir seinen Überraschungsbesuch an."

SOPHIE MENZEL

Ich treffe die Haushälterin im Badezimmer des Obergeschosses, wo sie mit der Reinigung des Waschbeckens beschäftigt ist.

„Frau Dossbergs Gesichtsmaske", sagt sie entschuldigend. „Wir sind ja alle von den Ereignissen heute Abend überrascht worden."

„Sicher", gebe ich zu. „Wo wir gerade von Ihrer Dienstherrin sprechen:

War Ihnen bekannt, dass Sie eine Detektei beauftragt hat, die Telefonate, die von Herrn Dossbergs Apparat aus geführt worden sind, zu ermitteln?"
„Nein." Sophie scheint ehrlich schockiert zu sein.
„Wer benutzte das Telefon im Arbeitszimmer? Nur Herr Dossberg?"
„Ja. Frau Dossberg hat einen eigenen Apparat im Obergeschoss und das Dienstpersonal telefoniert in der Küche."

JOSEPH FISCHING

Der Chauffeur der Dossbergs steht draußen auf der Terrasse und raucht. Als ich zu ihm trete, macht er ein betretenes Gesicht.
„Ich will schon seit zwei Wochen damit aufhör'n. Sophie dreht mir den Hals um, wenn sie sieht, dass ich es nicht lassen kann."
„Sie und Sophie sind ein Paar, nicht wahr?"
„Ja. Jedenfalls hoffe ich das."
„Haben Sie Zweifel?"
„Na, so 'n hübsches Ding kriegt doch immer einen ab." Er nimmt noch einen tiefen Zug und wirft den glühenden Stummel dann auf den Boden. „Aber ich bin echt verliebt. Ich lass' die nich' so einfach wieder gehen. Das können Sie glauben. Ich bin echt verliebt."

Fünftes Kapitel

TOTE REDEN DOCH

TOTE REDEN DOCH

Achtmal schlägt die Standuhr in der Halle und wieder klingelt es an der Haustür. Als Wilhelm Bagunde öffnet, kann ich einen jungen Mann sehen, dessen Jacke ihn als Mitarbeiter des Pannendienstes ausweist. Er entschuldigt sich für das späte Eintreffen und fragt sofort nach dem Schlüssel zu Konrad Jacobis Wagen. Er bekommt ihn ausgehändigt und steht schon wenige Minuten später wieder vor uns.

„Sie hätten den Wagen auftanken sollen, bevor Sie sich auf den Weg machen", sagt er grinsend und händigt Jacobi den Autoschlüssel wieder aus. „Denken Sie das nächste Mal daran." Damit verabschiedet er sich von uns.

„Wissen Sie was, Jacobi?", lallt Bertram schwer betrunken. „Mittlerweile traue ich Ihnen einen Mord gar nicht mehr zu. So doof wie Sie sind, gehören Sie aber trotzdem eingesperrt. Rein prophylaktisch."

Der Angesprochene scheint es für wenig sinnvoll zu halten, sich auf ein Gespräch einzulassen. Stattdessen versucht er die Peinlichkeit zu überspielen, indem er die Augen schließt und vor sich hinzudösen beginnt. Auch Peter Heilandt sieht müde und abgespannt aus. Er liegt wie ein nasser Sack in einem Sessel gegenüber von Konrad Jacobi.

„Geht mir mit Ihnen genauso." Jasmin von Hohengartens Blicke sind wie Pfeile, die sie gegen Friedrichs Schwager aussendet. Da sie ihre Bemerkung jedoch so leise ausgesprochen hat, dass Bertram sie nicht hören kann, erhält sie nur von den Umstehenden zustimmende Blicke. Eva Dossberg hat das Glas Rotwein gegen einen mit Kaffee gefüllten Becher getauscht. Sie betrachtet die Szenerie mit unverhohlener Abscheu. Irgendetwas hat sich in der letzten halben Stunde in ihrem Gesicht verändert. Schmerz und Verzweiflung sind aus ihrer Miene gewichen. Dafür sehe ich jetzt eine Entschlusskraft, die ich ihr in dieser Situation gar nicht zugetraut hätte. Mit einem Seufzer stellt sie den Becher Kaffee ab und steigt die Treppe ins Obergeschoss empor.

Aus dem Wohnzimmer erschallt eine Stimme mit italienischem Akzent. „Wilhelm!", ruft sie nach dem Butler. „Seien Sie doch so gut und öffnen Sie die Terrassentür ein wenig. Man erstickt ja vor lauter Adrenalin in der Luft."

Ich selbst beschäftige mich ein weiteres Mal damit, meine Gedanken zu ordnen. Das Ende des Abends steht kurz bevor. Soviel ist klar. Ob die Spuren, die ich verfolgt habe, mich zum Mörder führen? Oder besser: Werde ich die quälenden Schuldgefühle los, die mich seit dem Tod meines Vaters durch mein Leben begleiten? Zum ersten Mal an diesem Abend drängt sich mir der verängstigende Gedanke auf, dass ich vielleicht wieder nicht genug getan habe, dass meine Anstrengungen nicht ausreichend gewesen sein könnten.

Kommissarin Bosse-Liebich führt immer noch pausenlos Gespräche mit ihrem Handy, doch dieses Mal ist es Kolbing, der Informationen aus der Zentrale erhält. Er lässt sich die Ermittlungsergebnisse auf das Fax in Friedrich Dossbergs Arbeitszimmer schicken. Es sind nur wenige Worte, aber Kolbing scheint hocherfreut.

> **Sonja Tarmann, 12.12.1958 – 12.12.1988,** Tod durch Schussverletzung, Ermittlungen wegen möglicher Fremdeinwirkung eingestellt, Ergebnis der Ermittlungen: Suizid.
>
> Arztberichte bestätigen mittelschweres depressives Syndrom auf der Grundlage einer frühkindlich akzentuierten Persönlichkeitsstörung, letztmalig ausgelöst durch berufliche Misserfolge.

„Bevor Sie nun alle nach Hause gehen, möchte ich Sie bitten, sich noch etwas anzuhören." Eva ist aus dem Obergeschoss zurückgekehrt und tritt in die Mitte der Halle. Sie hält einen Briefumschlag in der Hand, den sie mit zitternden Händen öffnet. „Friedrich hat neben seinem Testament auch einige Zeilen geschrieben, die nach seinem Ableben an seine Freunde weitergegeben werden sollten. Ich denke, der Zeitpunkt dafür ist nun gekommen. Ich wäre sehr froh, wenn ich diesen Brief nicht zuerst alleine lesen müsste."
Sie zieht ein mit Maschine beschriebenes Blatt Papier aus dem Umschlag, räuspert sich und liest vor:
„Liebe Freunde, da ich Testamente und die in ihnen verwendeten Ausdrücke hasse, soll es mir gegönnt sein, einige abschließende Worte an Euch zu richten. Ich weiß, dass man mich für rührselig halten könnte,

aber ich weiß auch, wie plötzlich das Leben zu Ende gehen kann. Und ich will Euch nicht im Ungewissen lassen über den Friedrich, den Ihr vielleicht nie gekannt habt.

In der Welt, in der ich nun seit August 1989 lebe, ist die Oberfläche der maßgebende Teil des Daseins. Die Tiefen einer Persönlichkeit auszuloten, verbietet sich aus Gründen der Diskretion und des eigenen Vorteils, denn tief empfundene Verbundenheit zu einem anderen Menschen hindert uns am eigenen Vorankommen. Wir ersetzen unsere Menschlichkeit, unser Mitgefühl durch Geltungsdrang. Geld, Macht, gesellschaftliches Ansehen und Statussymbole sind unsere Ziele. Ich gebe zu, auch diesen Zielen hinterherzujagen, weil ich ein angenehmes Leben führen will. Die Wahrheit aber ist, dass ich mit jedem Kompromiss, der meiner Karriere einen Schub gegeben hat, und jeder Abänderung meiner Werte, mit der ich diese Kompromisse vor mir selbst entschuldigen konnte, Zug um Zug in einen Sog geraten bin, der mich kontinuierlich von mir selbst entfernt hat.

Erst jetzt, da ich das erste Mal über meine eigene Sterblichkeit nachdenke, erkenne ich, wie fatal die Annahme war, dass das Leben eben so ist. *Jeder ist seines Glückes Schmied*, so heißt es doch. Ich bin gefangen in einem Netz, das ich selbst ausgeworfen habe, ein Netz aus Abhängigkeiten. Gebe Gott, dass ich den Mut finde, die Fäden zu zerreißen und mich wieder mir selbst zu nähern. Dann kann ich diesen Brief verbrennen und einen anderen, einen friedlicheren schreiben. Wenn Ihr aber diese Worte lest, bin ich weiter den Weg des geringsten Widerstandes gegangen und kann nur darauf hoffen, dass Ihr mir vergebt.
Friedrich Dossberg, im Dez. 1996"

Jetzt haben Sie zum letzten Mal Gelegenheit, Räume der Villa zu untersuchen und mit Verdächtigen zu sprechen. Wie üblich steht Ihnen auch für dieses Kapitel ein Fingerzeig zur Verfügung. Die entsprechenden Seitenzahlen sehen Sie in nachstehender Übersicht. Denken Sie daran, alle Textpassagen zu notieren (Umschlagseite III).

*Bevor Sie sich den **„Fragen zum Fall"** (Seite 178) zuwenden, tragen Sie am besten noch einmal gedanklich alle Hinweise zusammen, die Sie während Ihrer Ermittlungen gesammelt haben. Vielleicht fällt Ihnen ja auf, dass es noch die eine oder andere Unstimmigkeit aufzudecken gibt.*

ÜBERSICHT
zur Auswahl der weiteren Textpassagen

SPURENSICHERUNG (Die Räume der Villa)	Seite
OG – Gästezimmer	141
OG – Schlafzimmer	141
OG – Zimmer von Eva Dossberg	142
OG – Zimmer von Friedrich Dossberg	143
OG – Galerie	143
OG – Badezimmer	144
EG – Arbeitszimmer von Friedrich Dossberg	145
EG – Speisezimmer	145
EG – Wohnzimmer	145
EG – Salon	147
EG – Gäste-WC	148
EG – Küche	148
UG – Zimmer von Wilhelm Bagunde	149
UG – Keller und Lager	149
UG – Zimmer von Sophie Menzel	149
UG – Wäsche- und Heizungskeller	150
UG – Bad	150
UG – offene Kellerräume	150
UG – Speisekammer	151
UG – Garage	151
A – Außenbereich, Garten der Villa	152

VERHÖRE (Die anwesenden Personen)	Seite
Eva Dossberg, Friedrichs Ehefrau (44)	153
Bertram Janssen, Friedrichs Schwager (43)	153
Jasmin von Hohengarten, Abteilungsleiterin bei Janssen & Dossberg (41)	154
Peter Heilandt, Kunstmaler (44)	155
Donatella Verucini, Kunstmalerin (33)	155
Konrad Jacobi, Friedrichs Studienfreund (42)	156
Wilhelm Bagunde, Hausdiener der Dossbergs (50)	156
Sophie Menzel, Haushälterin der Dossbergs (34)	157
Joseph Fisching, Chauffeur der Dossbergs (38)	157

FINGERZEIG ZUM FÜNFTEN KAPITEL *Seite 176*

SPURENSICHERUNG

OG – DAS GÄSTEZIMMER

Als ich das Gästezimmer betrete, bläht der Wind die Vorhänge. Das Fenster ist geöffnet und lässt die laue Abendluft in den Raum. Trotzdem hängt der schwere Duft eines Parfüms, der aus einer zierlichen, auf dem Bett liegenden Damenhandtasche strömt, in der Luft.
Bei genauerer Untersuchung des Tascheninventars entdecke ich neben einem undichten Parfüm-Flakon auch einen Briefumschlag – adressiert an Donatella Verucinis Hamburger Anschrift und am 13. Juni 2003 in Rom abgestempelt. Der Brief darin ist in italienischer Sprache verfasst. Mit dem wenigen Italienisch, das ich verstehe, übersetze ich den Brief bruchstückhaft. Von einer *famiglia* ist da oft die Rede, ebenso wie vom *papá*, der sich mit den falschen Leuten eingelassen hat und nun Angst hat, nicht genügend Geld für die ominöse *famiglia* auftreiben zu können.
Eine nähere Untersuchung des Mobiliars bleibt ergebnislos. Schrank, Schreib- und Nachttisch sind leer. Überhaupt ist der Raum eher ein Sinnbild für Kargheit als für Opulenz.
Ich will mich schon zum Gehen wenden, da fällt mein Blick auf den zwischen Bett und Schreibtisch an der Wand lehnenden Gehstock. Die aufwendigen Intarsien – Blumenranken, die am unteren Ende der Gehhilfe in ein metallenes Gewinde übergehen – fesseln meinen Blick. Vielleicht sind es eben diese Intarsien, die den Gehstock so ungewöhnlich voluminös erscheinen lassen, vielleicht ist es aber auch der Durchmesser, den ich auf etwa 4 cm schätze.

OG – DAS SCHLAFZIMMER

Im Schlafzimmer der Dossbergs herrscht eine kühle Atmosphäre. Das mag vor allem daran liegen, dass nur eine Hälfte des Doppelbettes bezogen ist. Ein Symbol für Einsamkeit und Verlassensein. Auf dem Nachttisch neben dem Bett liegen Unmengen benutzter Taschentücher. Auf der Anrichte stehen zwei leere Weinflaschen, daneben ein Glas.
Während der letzten zwei Stunden ist es mir immer leichter gefallen, die privaten Gemächer der Dossbergs zu durchsuchen. Meine Hemmschwelle ist derart gesunken, dass ich nun sogar die im Kleiderschrank befindliche Garderobe einer genauen Inspektion unterziehe. Interessant

erscheint mir dabei allerdings nur die Handtasche der Hausherrin, die auf dem Boden des Schrankes steht. Sie enthält
- ein Schminktäschchen mit Lippenstift, Lidschatten, Kajalstift, Puder und Nagelfeile
- ein Notizbuch mit dem letzten Eintrag: *Isolde wegen Lesung anrufen!*
- ein Brillenetui mit innenliegender Sonnenbrille
- eine Tüte Bonbons verschiedener Geschmacksrichtungen
- eine Visitenkarte von Stephen McWayne mit der handschriftlichen Notiz: *Mo. 20 Uhr bei unserem Vietnamesen?*
- einen Fächer mit orientalischen Ornamenten

OG – DAS ZIMMER VON EVA DOSSBERG

Je mehr Räume der Villa ich in Augenschein genommen habe, desto stärker wird meine Vermutung, dass die perfekte Ordnung, die überall zu herrschen scheint, nur vordergründig ist. Evas Zimmer ist ebenfalls perfekt, ein perfektes Chaos. Hier stapeln sich Leinwände und Blätter, dort sind Tuben und Flaschen mit den unterschiedlichsten Farben in einer Ecke zusammengeschoben.

Der Schreibtisch dagegen ist aufgeräumt. Sowohl die Platte als auch die Schubladen sind überschaubar geordnet. In der obersten Schublade finde ich einen mit Maschine geschriebenen Text auf zartrosa Papier (s. Abb. 3). Das Blatt ist Teil einer Sammlung mehrerer Papiere in einer Mappe. Interessant finde ich auch zwei Faxe der Detektei *Dricker & Klein* (s. Abb. 4).

Während die Schubladen auf der linken Seite des Tisches untergebracht sind, besteht die rechte Seite aus einem einzigen großen Fach, das mit einem kleinen Türchen verschlossen ist. Als ich dieses Schränkchen öffne, sehe ich zunächst nur eine erkleckliche Anzahl schmutziger Stofffetzen, die augenscheinlich zum Wegwischen von Farbe verwendet worden sind. Scheinbar muss ich bei der Untersuchung des Schrankes rabiater vorgegangen sein, als ich dachte, denn plötzlich ertönt lautes Gepolter und der Inhalt des Faches fällt mir entgegen. Hinter den schmutzigen Wischlappen waren drei leere Rotweinflaschen und eine halbvolle Flasche Gin verborgen. Diskret beseitige ich die Spuren meiner Nachforschungen.

OG – DAS ZIMMER VON FRIEDRICH DOSSBERG

Im privaten Zimmer des Hausherrn bemerke ich als Erstes das Sofa, das zu einer Schlafstatt umgewandelt worden ist. Das provisorische Nachtlager steht inmitten einer Sammlung alter asiatischer Kunstschätze. Überall stehen kleinere und größere Buddha-Figuren, hängen chinesische Zeichnungen und archaisch anmutende Masken an den Wänden. Der Schreibtisch ist einer von der Sorte, bei denen nur der Besitzer genau weiß, welches Schriftstück wo zu finden ist. Die ganz persönliche Ordnung von Friedrich Dossberg ist das Türme Stapeln. Auf einem der Aktenberge liegt ein Ordner mit der Aufschrift *J & D / Presse 2003*, der Zeitungsausschnitte enthält. Der letzte Eintrag ist auf den 17. September datiert (s. Abb. 1). In dem Ordner liegt ein loses Blatt (s. Abb. 2).

Gedankenverloren greife ich nach einer Glasperle, die im Regal neben der Tür liegt und lasse sie abwechselnd von der linken in die rechte Hand fallen, während mein Blick weiter durch das Zimmer schweift. Plötzlich entgleitet mir die Murmel, knallt auf den Boden und rollt unter das Regal. Als ich das Spielzeug darunter hervorholen will, greife ich nach etwas, das sich nach starkem Papier anfühlt. Ich ziehe einen großen braunen Briefumschlag hervor und öffne ihn. Im Inneren befinden sich zwei überformatige Farbfotos. Das eine zeigt Friedrich Dossberg am Tresen einer ganz in Rot und Plüsch eingerichteten Bar. Mit der einen Hand ein Sektglas haltend, unterhält er sich angeregt mit einer hübschen Blondine, deren Garderobe nicht gerade für die Oper ausgelegt ist. Dennoch erscheint sie mir keinesfalls billig. Das andere Foto zeigt die beiden Personen allein in einem anderen Zimmer, das ähnlich wie die Bar eingerichtet ist. Friedrich sitzt mit der Frau auf dem Bett, während sie ihm das Hemd aufknöpft. Ich bin froh, dass die Foto-Lovestory damit endet.

OG – DIE GALERIE

Die Galerie ist wahrscheinlich der am extravagantesten ausgestattete Raum der Villa. Vor allem das Beleuchtungskonzept des Turmzimmers erregt die Aufmerksamkeit des Besuchers. Quer durch den Boden verlaufen mehrere etwa 30 cm tiefe Schluchten, in denen eine Unzahl Glühbirnen verschraubt ist. Das blaue Licht der Leuchtmittel strahlt gegen die makellos weißen Wände und die Decke der Galerie.

Über die Vertiefungen sind grobmaschige Gitter gelegt, die es mir erlauben, über die Installation hinwegzuschreiten und so verwirrende Schatten zu werfen.

An einer der Stellwände sind zur Feier des Tages Zeitungsartikel ausgestellt, die das Wirken des Kunstkritikers Friedrich Dossberg im Jahr 1988 bezeugen (s. Abb. 7).

Die übrigen Stellwände zeigen die Ausstellung von Donatella Verucini. Von insgesamt zwanzig Gemälden und Zeichnungen erregt aber nur ein kleiner Teil meine Aufmerksamkeit. Dennoch schaue ich mir die Werke interessiert an. Auf der Stellwand im hinteren Teil des Raumes, dem fest eingebauten Safe gegenüberliegend, erkenne ich sogar eine etwas ältere Zeichnung, die ich schon im Jahr zuvor bewundern konnte.

Als ich meine Schritte in Richtung dieser Zeichnung lenke, verschiebt sich plötzlich mein Blickfeld. Komisch, schießt es mir durch den Kopf, eben habe ich die Zimmerdecke noch nicht frontal vor mir gesehen. Und sie entfernt sich so schnell von mir. Reflexartig reiße ich meinen Körper auf die Seite, um einen Sturz auf den Hinterkopf zu vermeiden. Das ändert aber nichts daran, dass ich mir aufgeschürfte Schulterblätter und einen schmerzhaften blauen Fleck an der rechten Schulter zuziehe. Noch immer etwas verwirrt darüber, dass ich so plötzlich das Gleichgewicht verloren habe, erkenne ich die Ursache für mein Missgeschick. Mit dem Absatz meines Schuhs bin ich durch ein Gitterloch gerutscht. Zu allem Unheil muss ich außerdem erkennen, dass der Absatz abgebrochen ist und nun in der Bodenschlucht unter mir liegt – unerreichbar, weil die Gitter fest mit dem Boden verschraubt sind. Wie gut, dass mich niemand beobachtet hat.

Allerdings ist mein Absatz nicht der einzige Gegenstand, der auf dem Schluchtboden liegt. Etwas weiter in Richtung Tresor sehe ich nun eine etwa 4 cm breite Metallkappe mit Innengewinde im fahlen Licht aufblitzen. Ebenfalls unerreichbar für menschliche Finger.

Mühsam rappele ich mich auf und streiche mein Kostüm glatt. Ich werde mir wohl oder übel ein Paar Schuhe von Eva leihen müssen.

OG – DAS BADEZIMMER

Das Badezimmer der Dossbergs riecht nach Putzmitteln. Es ist kurz zuvor gereinigt worden. Dieser Eindruck verstärkt sich, als ich die blankgewischten Armaturen und das trockene Innere des Waschbeckens bemerke, das nicht einen einzigen Wasserfleck aufweist. Hier gibt es nichts zu entdecken.

EG – DAS ARBEITSZIMMER VON FRIEDRICH DOSSBERG
Wieder betrete ich den Ort des Verbrechens, wieder läuft es mir kalt den Rücken herunter. Hinter dem Schreibtisch sind noch immer die frischen Blutspritzer zu erkennen, die mittlerweile ein dunkles Rostrot angenommen haben. Die Spurensicherung hat ganze Arbeit geleistet und jedes mögliche Indiz aus dem Raum mitgenommen.
Enttäuscht will ich mich zum Gehen wenden, als ich sehe, dass das Lämpchen des Anrufbeantworters blinkt. Ich drücke auf den Wiedergabeknopf und höre eine weibliche Stimme:
„Hallo Friedrich?" Kurze Pause. „Hier ist Karin Steinberg", höre ich die Stimme der Ehefrau des vorhin erschienenen späten Gastes. „Du wirst wohl gerade etwas anderes zu tun haben. Jedenfalls wollte ich Dir schnell zum Geburtstag gratulieren. Ich wäre auch lieber bei euch, aber ich muss hier in Frankreich noch einige Sachen regeln. Hoffentlich ist die Überraschung gelungen. Alles Liebe."

EG – DAS SPEISEZIMMER
Auf dem großen Tisch im Raum steht eine Anzahl kalter Platten, die Sophie gerade hereingebracht hat. Die meisten Gäste sind froh über den kleinen Imbiss und versorgen sich mit frisch aufgebackenem Weißbrot, Bratenscheiben, Weichkäsen und Obstsalat. Dazu werden Weine und Wasser getrunken. Ich muss zugeben, dass auch mein Magen mittlerweile wieder feste Nahrung verlangt. Und so versuche ich die Lachs-Schnittchen und etwas Caprese.

EG – DAS WOHNZIMMER
Im Wohnzimmer ist bereits die Deckenbeleuchtung angeschaltet. Das warme Licht durchflutet den Raum und schafft eine behagliche Atmosphäre, die von den leisen Klängen von Puccinis „Tosca" noch unterstützt wird. Auf dem Sofa sind drei Kissen zu einem kleinen Haufen getürmt. Auf dem kleinen Mahagonitisch neben dem Sofa liegt das Buch „L'italo" von Vokoban. Daneben erkenne ich ein rosafarbenes Handy. Es juckt mich in den Fingern. Bei der Geschwindigkeit der Malerin müsste es eigentlich zu schaffen sein ...

Ich greife nach dem Mobiltelefon. Unter dem Eintrag *Mitteilungen* werde ich fündig. Von den dreiundzwanzig gespeicherten SMS ist eine am 26. Februar dieses Jahres von Friedrich Dossberg abgesendet worden.

EG – DER SALON

Das Betreten des Salons gleicht einer Reise in das London des ausgehenden 19. Jahrhunderts. Die gesamte Einrichtung ist in mühevoller Sammlerarbeit zusammengetragen worden und bildet nun das kostspieligste Mobiliar, das im Hause zu finden ist. Nur die Stereoanlage im Regal und der Flügel, ein echter Blickfang, sind deutlich jünger.

Von einem der Fenster aus kann man die Auffahrt und das vordere Parkgelände, das sich zu dieser Stunde bereits düster und ungemütlich zeigt, überblicken. Glücklicherweise muss ich nicht draußen stehen, sondern kann mich hier im Salon, erwärmt vom knisternden Kaminfeuer, am Ausblick erfreuen.

Neben dem Regal sind die Geburtstagsgeschenke abgelegt, die die Gäste mit in die Villa gebracht haben. Auch mein Päckchen mit dem Bildband über moderne Fotografie liegt dabei. Außerdem sehe ich

- ein nach schwerem Parfüm riechendes zigarettenschachtelgroßes Päckchen in rotmarmoriertem Papier, das beim Schütteln auffällig nach Metallteilen klingt
- einen Blumenstrauß in einer kunstvoll bemalten Vase nach orientalischem Vorbild, an dem eine Karte hängt, auf der alle drei Hausangestellten unterschrieben haben
- zwei handtellergroße unförmige Pakete, die von einem Band zusammengehalten werden. Auf der angehängten Karte steht: *In Liebe, Eva*
- ein in durchsichtige Folie eingeschlagener Präsentkorb mit spanischen Spezialitäten, die im Korb steckende Karte ist halb geöffnet, sodass ich den letzten Satz darauf lesen kann: *Alles Gute wünschen* (dann folgen zwei Unterschriften, die ich kaum entziffern kann. Anscheinend beginnt die erste mit einem *K*, die zweite endet mit einem *d*)
- ein unverpackter Bildband über Hamburg mit der Widmung: *Mögen die nächsten Jahre uns wieder einander näherbringen! Blut ist doch dicker als Wasser!*
- eine Karte, die von weiblicher Hand beschriftet ist: *Du siehst, ich bin immer noch Feuer und Flamme für Dich!*
- eine Flasche Champagner mit dem handschriftlichen, stilisierten Signum *PH*

EG – DAS GÄSTE-WC

„Verdammt! Dass man nicht einmal seine Ruhe haben kann!", schallt es mir entgegen, als ich ergebnislos versuche, die Tür zum Gäste-WC zu öffnen. Das gerollte R und der durchbrechende Diskant der Stimme entlarven Donatella Verucini als Urheberin des Fluchs.

„Entschuldigen Sie bitte", sage ich in gedämpftem Ton. „Ich wusste ja nicht, dass das WC schon wieder besetzt ist."

„Was wollen Sie damit sagen? Dass ich Ihr Luxus-Scheißhaus blockiere? Hä?"

„Schon gut, schon gut. Lassen Sie sich Zeit."

„Ach. Jetzt soll ich mir wieder Zeit lassen." Ich höre die Klospülung. „Entscheiden Sie sich doch endlich mal. Aber nein! Entscheidungen sind ja eine sooo schwere Sache. Man weiß nie, wem man mit welcher Entscheidung auf den Schlips treten könnte, nicht wahr? Wie man's macht, macht man's verkehrt. Oder wie heißt eure Redewendung?" Die Stimme nähert sich der Tür. „Wäre ich an Friedrichs Stelle gewesen", die Tür öffnet sich, „hätte ich auch ... Frau Neufeld. Sie?" Donatella ist ernsthaft überrascht. So also sieht die Malerin aus, wenn Sie auf einen sich öffnenden Erdboden hofft. „Entschuldigen Sie, ich dachte ... Scusi!" Schnellen Schrittes entfernt sie sich in Richtung Wohnzimmer. Die Untersuchung des Gäste-WCs bleibt ergebnislos.

EG – DIE KÜCHE

Das am Anfang des Abends in der Küche herrschende Chaos ist mehr oder minder gebändigt. Joseph Fisching befindet sich in hektischer Betriebsamkeit. Er stapelt kleine belegte Brote auf eine Platte. Sophie Menzel kommt gerade aus dem Obergeschoss zurück. Sie stellt einen Eimer mit schmutzig-braunem Wasser neben den Spülstein.

„Für den Imbiss, der im Speisezimmer gereicht wird", erklärt der Chauffeur und deutet auf sein Werk. „Ich helfe Sophie ein bisschen. Möchten Sie 'ne Stulle?"

„Kanapee", berichtigt die Haushälterin kopfschüttelnd.

„Na, is' doch egal. Schmeckt eins a. Echt." Er offeriert mir die Platte und ich nehme zwei der Brote; sie sind wirklich gut. Bevor ich ins Speisezimmer gehe, um den dort wartenden Leckereien einen Besuch abzustatten, bedanke ich mich bei Haushälterin und Chauffeur.

UG – DAS ZIMMER VON WILHELM BAGUNDE

Dem Geruch des Raumes nach könnte es sich auch um den Laden eines Floristen handeln. Überall stehen Töpfe und Vasen, die mit Blumen gefüllt sind. Die Einrichtung – Bett, Tisch, Stuhl, Kommode und Ohrensessel – ist in diesem Dschungel kaum zu erkennen.
Mittig auf dem Schreibtisch liegt eine Notiz bezüglich Friedrich Dossbergs Geburtstagsfeier (s. Abb. 6).

UG – KELLER UND LAGER

In diesem Kellerraum lagerte Friedrich die Bilder der von ihm unterstützten Künstler ein, die er dem einen oder anderen Galeristen zur Ansicht geben wollte, die auf einen Käufer warten oder die Friedrich selber erstanden hat. Um die Werke adäquat vor Umwelteinflüssen zu schützen, ist eine Belüftungsanlage in die Decke eingebaut, die gleichzeitig auch Luftfeuchtigkeit und Temperatur regelt. Die Anlage surrt leise vor sich hin, als ich den Raum betrete. Ein gruseliger Ort, der vor allem durch die Riesenhaftigkeit des Mobiliars geprägt wird. In Anbetracht der kolossalen Ausmaße von Schränken und Regalen komme ich mir zwergenhaft vor.
Eine Durchsicht des Regals fördert zwei Mappen zutage, die ich näher untersuche. Die Sammlung von Donatella Verucinis Werken ist sehr umfangreich und mit zahlreichen Notizzetteln versehen (*für die Ausstellung im Goldbek-Museum, zur Vorlage in der Galerie Tannert, zum Verkauf an das Berliner Museum der Künste* usw.). Unter dem Namen Peter Heilandt finde ich fünf Ölgemälde und nur eine einzige Notiz: *unnütz.*
Die Neonröhre, deren Licht den Raum notdürftig erhellt, beginnt zu flackern und erlischt kurz darauf ganz. Jetzt gibt es wirklich nichts mehr zu sehen.

UG – DAS ZIMMER VON SOPHIE MENZEL

Die Inneneinrichtung des Raumes ist schnell erfasst. Ein Bett, ein Tisch, ein Schrank und eine kleine Kommode – alles aus hellem Holz – erinnern an die Produkte eines schwedischen Möbelhauses.
Auf dem Schreibtisch steht ein Ordner mit der Aufschrift *Papierkrieg*, in dem alle wichtigen Dokumente aus dem Leben von Sophie Menzel eingeheftet sind. Bei näherer Betrachtung fällt mir ein Gerichtsurteil

auf. Gegenstand der Untersuchung ist eine Klage von Sophie Menzel gegen ihren Ausbilder in der Bücherei *Schmidtke*. Diesem, so das Urteil, könne nicht nachgewiesen werden, dass er, wie von Frau Menzel angezeigt, seine Auszubildende sexuell belästigt habe.

UG – DER WÄSCHE- UND HEIZUNGSKELLER

Die Luft im Raum treibt mir den Schweiß auf die Stirn, so stickig und schwül ist es. Vor den einfach verputzten Wänden stehen eine Waschmaschine nebst Trockner und ein Heizkessel, der gerade zündet, als ich den Keller betrete.

In dem Wäschekorb, der auf der Waschmaschine steht, finde ich unter einem weißen Frotteehandtuch mit graubraunen Flecken den Mantel von Friedrich Dossberg. Als meine Hand in die Innentasche des Kleidungsstücks gleitet, erfühle ich ein kleines festes Papierstück. Ich ziehe eine rote Karte hervor, auf der zu lesen ist: *Club Rouge – Talstraße 142 – tgl. geöffnet 18 – 6 h – carpe noctem!* Mit ausladender Handschrift ist außerdem ein Name auf die Rückseite der Karte geschrieben: *Chantall*.

UG – DAS BAD

Das Badezimmer der Hausangestellten präsentiert sich mit hellbraunen Fliesen an Boden und Wänden und pastellgrüner Sanitärkeramik. Es ist eine Art Hommage an die 70er Jahre, wenn man es wohlmeinend ausdrücken möchte. Eine nähere Untersuchung des Raumes ergibt nichts Bemerkenswertes.

UG – DIE OFFENEN KELLERRÄUME

Als ich die Treppe vom Erdgeschoss in den Keller hinuntersteige, höre ich schon von Weitem das gackernde Kichern der Kommissarin Bosse-Liebich. Verdutzt bleibe ich stehen und horche, aber außer dem Klang des tiefen Basses von Jens Kolbing und den unterdrückten Lachern seiner Kollegin ist nichts zu verstehen. Nur wenige Wortfetzen dringen bis zu mir durch: „Scheidung", „Unterhalt", „Anwalt" und „Versicherung" sind klar zu vernehmen. Mehr aber auch nicht. Als es plötzlich still wird, will ich schon zum Fuß der Treppe vordringen, doch dann halten mich ein schmatzendes Geräusch und ein zufriedener Seufzer doch noch für eine Weile auf meinem Horchposten. Erst als ich höre, wie sich eine Tür öffnet und das Gespräch, dem Tonfall nach, eine berufliche Wendung erfährt, betrete ich die offenen Kellerräume. Viel gibt es hier nicht zu entdecken. Der offene Bereich vor der Speisekammer ist mit Kitsch und Krempel vollgestellt. Das Regal am Treppenaufgang beherbergt Kisten und Tüten, deren Beschriftung ausweist, was sie enthalten. *Weihnachtsschmuck, Osterdekoration, Winterurlaub, Garten, Fahrräder* und *Terrasse* sind nur einige der Bezeichnungen, die zu lesen sind.

UG – DIE SPEISEKAMMER

Friedrichs Brief hat mich nachdenklich gemacht. Gedankenverloren stehe ich zwischen all den Vorräten und ertappe mich dabei, wie ich die Balsamico-Flaschen mit dem Etikett nach vorn drehe und sie im Regal zurechtrücke. Kopfschüttelnd blicke ich mich um. Mein Blick schweift über ganze Käselaibe, einen Korb voller Äpfel, Mehltüten, verschiedene Nudelsorten und bleibt schließlich an einem riesigen Serranoschinken hängen. Dieser war sicherlich für das Mitternachtsbuffet von Friedrichs Geburtstagsparty gedacht. Was für ein abstruser Gedanke in dieser Situation. Bedrückt verlasse ich diesen Hort der Speisen und ziehe die Tür hinter mir zu.

UG – DIE GARAGE

Die große Limousine von Friedrich Dossberg hat mir schon immer Respekt abgenötigt. Dies ist die letzte Gelegenheit, selbst hinter dem Steuer zu sitzen, und die will ich mir keinesfalls entgehen lassen. Also öffne ich die Fahrertür und lasse mich auf den Sitz gleiten. Ich fühle mich wie damals: Ich war ein kleines Mädchen und tat nichts lieber, als in Vaters Auto zu sitzen und so zu tun, als ob ich eine Landpartie unternähme. Schade, dass ich mir den Rückfall in solche kindlichen Freuden nicht mehr zugestehe, sondern sie immer gleich als albern abtue. So auch jetzt.

Dann fällt mein Blick auf den Rücksitz der Limousine. Anscheinend hat der Hausherr sein Notebook liegengelassen. Also steige ich nochmals in den Wagen, fahre den Rechner hoch und durchstöbere die Dateien. Neben den schwer verständlichen geschäftlichen Inhalten, die sich vor allem um Grundstückspreise und Rentabilitätsberechnungen drehen, finde ich zwei auf der Festplatte gespeicherte E-Mails (s. Abb. 5).

A – AUSSENBEREICH, GARTEN DER VILLA

Ich trete aus der Haustür und gehe, an Konrad Jacobis Auto mit Hamburger Kennzeichen vorbei, die Auffahrt hinunter in Richtung Tor. Nur an dieser Stelle wird der unüberwindbare drei Meter hohe Zaun von einer Einfahrt durchbrochen. Auf der gegenüberliegenden Straßenseite hat sich eine Gruppe Menschen versammelt, die verstohlen zu mir herüberblickt. Der Verkehr der letzten Stunden – Leichenwagen und Polizei – hat wohl die Nachbarn auf den Plan gerufen, denke ich. Ich will mich nicht länger misstrauisch beäugen lassen und mache mich auf den Weg in den hinteren Teil des Gartens. Die Natur sei dem Menschen Untertan. Hat das wirklich einmal jemand gesagt oder komme ich von selber darauf – im Angesicht der kompromisslosen Gartenarchitektur, die keinerlei natürliche Formen zulässt? Nur der See bildet ein kleines Reservat, in dem Mutter Natur selber wirken darf. Während das Ufer wild und vielfältig bewachsen ist, versteckt die schwarze Wasseroberfläche alles, was sich darunter verbergen mag.

VERHÖRE

EVA DOSSBERG

Die Hausherrin steht unmittelbar neben der Tür zum Speisezimmer und umklammert einen großen Becher Kaffee. In der letzten halben Stunde hat sie viel von ihrer Selbstsicherheit zurückgewonnen. Nur die geröteten Augen und die leicht zitternden Hände zeugen noch von ihrer Erschütterung.

„Die Polizei ist fertig hier", sagt sie. „Sie werden wohl bald nach Hause gehen können."

„Haben die Kommissare denn taugliche Spuren gefunden?"

„Davon haben sie natürlich nichts gesagt." Sie räuspert sich. „Aber ich hoffe doch sehr."

„Wenn Sie in nächster Zeit jemanden zum Reden brauchen ... Sie können mich jederzeit anrufen", versichere ich ihr mein Mitgefühl.

„Danke, aber ich werde für ein paar Tage zu einer Freundin ziehen." Sie scheint einen Entschluss gefasst zu haben. „Vielleicht komme ich nie wieder her. Ich werde das Haus wohl verkaufen und mir ein Appartement nehmen. Dann ist die ganze Geschichte endgültig vorbei und ich kann endlich ein neues Leben anfangen. Ein Leben ohne die Last der Familienchronik und der elterlichen Führung, ohne Stehempfänge, ohne Häppchen und ohne hohle Gespräche. Ein Leben ohne Zwänge."

„Das hört sich sehr verbittert an."

„Ich will nicht mehr in einer Welt leben, in der der persönliche Vorteil über allem steht – in der alles nur benutzt wird, um das eigene Vorankommen zu gewährleisten. Diese Menschen wecken Erwartungen, schüren Hoffnungen und sprechen sogar von Liebe, aber was sie meinen ist nur das eine: die eigene Karriere. Und wenn das alles nicht weiterhilft, dann gehen sie sogar über Leichen."

BERTRAM JANSSEN

Ermattet hängt Bertram in einem der Sessel in der Halle. Sein Blick schweift unstet über die anderen Anwesenden. In der einen Hand hält er ein Glas Whiskey, die andere hat er zum Mund geführt. Er knabbert am Daumennagel.

„Zu viel von diesem Zeug", sagt er und weist auf das Glas in seiner

Hand. „Macht sich nich' gut in dieser feinen Gesellschaft." Er grinst. Dann wird er plötzlich sehr ernst. „Ich hoffe nur, dass Eva bald wieder zur Besinnung kommt. Dann wird sie begreifen, dass dieser Mann ihr nicht gut getan hat."
„Wie meinen Sie das?"
„Friedrich hat den Namen unserer Familie mit seinem Verhalten durch den Dreck gezogen. Darunter hat meine Schwester sehr gelitten. Das war nicht mehr mit anzusehen."
„Haben Sie Ihrer Schwester denn zur Seite gestanden?"
„Sie hat ja niemanden an sich rangelassen. Jedenfalls mich nicht. Ich habe so oft versucht, mit ihr darüber zu sprechen. Vielleicht musste da wirklich erst jemand kommen, der mit der ganzen Scheiße hier nichts am Hut hatte, und mal mit Friedrich reden." Er blickt mich mit starrem Blick an. „Solche Gespräche können aber auch nach hinten losgehen."

JASMIN VON HOHENGARTEN

„Der Abend scheint seinem Ende zuzugehen." Die fahle Haut der Jasmin von Hohengarten durchschimmert ihr Make-up. Sie steckt sich eine Zigarette in ihre Spitze und nimmt ein Feuerzeug vom Tisch. „Dann ist dieser Albtraum endlich vorbei. Aber der nächste folgt schon morgen."
„Wie meinen Sie das?"
„Meine Liebe, wenn der Leithammel nicht mehr da ist, wird die Hackordnung neu festgelegt. In der Firma wird es jetzt zu einem Machtkampf kommen. Da will jeder ein Stück vom Kuchen haben."
„Keine schönen Aussichten", bemerke ich bedauernd.
„Das kommt auf die Perspektive an", sagt Jasmin. „Nur so kommt man in seinem Leben voran. Um gute Karten zu haben, meine Liebe, darf man nicht auf den Austeiler vertrauen. Man muss die Dinge selbst in die Hand nehmen." Es folgt eine lange Pause, in der Jasmin ihre Zigarette aufraucht.
„Friedrich hat das auch gewusst." Sie drückt die Zigarette mit drei entschiedenen Stößen im Aschenbecher aus. „Muss ein schwerer Schlag für einen aufstrebenden Jungunternehmer sein, wenn er erfährt, dass sein Kontrahent eine Vater-Sohn-Beziehung nur der gesellschaftlichen Stellung wegen zerstört hat."

PETER HEILANDT

Der Maler gähnt herzhaft, als ich zu ihm hinüberblicke. Entschuldigend hebt er die Hand vor den Mund. Dann kommt er auf mich zu. „Jetzt scheint die Sache ja gelaufen zu sein", bemerkt er und weist auf Kommissarin Bosse-Liebich, die sich noch einmal leise mit Eva Dossberg unterhält. „Endlich kommen wir aus diesem Irrenhaus raus. Ich glaube, ich bin kuriert."
„Wovon?"
„Ich habe geglaubt, wenn ich in dieser", er weist auf die Umstehenden, „Gesellschaft unterkomme, könnte ich ein entspanntes Leben führen. Dieses Luftschloss ist heute Abend gründlich eingestürzt. Hier ist mehr Schein als Sein. Keine gute Umgebung für einen Künstler."
„Und wie werden Sie jetzt weitermachen?"
„Jedenfalls werde ich mich nicht von diesen Leuten assimilieren lassen. Wer nicht genug Distanz zwischen sich und den Kritiker bringt, läuft Gefahr, ganz in diesem Jahrmarkt der Eitelkeiten aufzugehen. Und wer dann fallen gelassen wird", er blickt zu seiner italienischen Kollegin, „der bedient sich auch dessen Methoden."

DONATELLA VERUCINI

„Ein furchtbares Gesöff." Donatella weist auf das Glas Wein in ihrer Hand. „Deutschen Rotweinen fehlt die Sonne. In Tetrapak veritas." Sie lacht und führt das Glas zum Mund. Nachdem sie geschluckt hat, macht sie ein säuerliches Gesicht.
„Wie werden Sie jetzt weitermachen, nachdem Friedrich tot ist?", will ich wissen.
Auf diese unvermittelte Wendung des Gesprächs ist Donatella nicht vorbereitet. Für eine kleine Weile hat es ihr die Sprache verschlagen. Doch dann kehrt die alte Siegessicherheit in ihre Züge zurück.
„Wir sind alle Spieler in einem Spiel", bemüht sie eine alte Redensart. „Ich kenne die Regeln. Wer mich in diesem Spiel nicht mehr dabei haben will, der muss gehörig aufpassen, dass er nicht selber rausfliegt." Sie nimmt noch einen Schluck Wein, doch dieses Mal scheint sie die Sonne nicht zu missen. „Sie sehen also, dass ich meine Lektion bei Friedrich gelernt habe. Ich schaffe es auch ohne ihn." Dann blickt sie zu Peter Heilandt hinüber, der auf einem Sessel in der gegenüberliegenden Ecke der Halle sitzt. „Und ich musste nicht erst in ein Hornissennest

stoßen, um an Friedrich heranzukommen. Da hat dieser kleine Dilettant geglaubt, er sei besonders schlau, und dann stellt sich heraus, dass er mit seinen Ränken seine gerade begonnene Karriere zerstört, weil er nicht mit der Rachsucht einer braven Hanseatin gerechnet hat. Wenn das keine wahre Tragödie ist."

KONRAD JACOBI

„Wissen Sie, ob wir schon gehen dürfen? Die Polizei hat mich eben schon vernommen." Konrad ist kalkweiß und hat Mühe, die Augen noch aufzuhalten.
„Ich denke, wir sollten warten, bis die Kommissare gegangen sind", entgegne ich.
„Was für ein Abend. Es ist einer dieser Tage, die man aus seinem Gedächtnis streichen möchte. Streit, Mord und dann dieser Psychoterror hier im Haus. Es ist nicht zu ertragen."
„Sie und Friedrich sind im Streit auseinandergegangen. Das ist ein sehr schmerzlicher Abschied, nicht wahr?"
„Wir hatten ein Gespräch, das wir beendeten, weil wir zu keiner einvernehmlichen Lösung gekommen sind. Es konnte ja keiner ahnen, dass die Geschichte eine so abscheuliche Wendung nimmt." Dann setzt er fast entschuldigend hinzu: „Aber ich hatte Recht in diesem Streit."

WILHELM BAGUNDE

Es ist unübersehbar, dass Wilhelm heilfroh über das Ende des Abends ist. Endlich kann er sich wieder in die Arbeit stürzen und die Reste der traurigen Geburtstagsfeier beseitigen.
„Ich hoffe doch sehr, dass Sie die Geschehnisse des heutigen Abends für sich behalten können." Er senkt bekümmert den Blick. „Wissen Sie, das Haus Dossberg hat es nicht verdient, in den Schmutz gezogen zu werden – von wem auch immer."
„Selbstverständlich", sichere ich ihm zu. „Sie sind sehr loyal gegenüber Ihren Arbeitgebern."
„Das gebietet die Berufsehre. Und außerdem", er sucht nach den richtigen Worten, „fällt ein Teil des Ansehens des Hauses auch auf das Dienstpersonal zurück. Es wird noch eine Zeit dauern, bis sich die Situation beruhigt hat. An die Presse will ich noch gar nicht denken. Aber dann ist endlich wieder Ruhe und Ordnung."

SOPHIE MENZEL UND JOSEPH FISCHING

Sophie steht am Spülbecken und wringt ein Wischtuch aus. Graubraunes Wasser ergießt sich in den Spülstein.

„Frau Dossbergs Gesichtsmaske – oder die Reste davon", sagt sie, als sie meinen fragenden Blick bemerkt.

„Durften Sie denn schon wieder sauber machen? Ich meine, wo doch die Polizei hier noch ermittelt", frage ich überrascht.

„Das Obergeschoss war schon wieder freigegeben. Die Spurensicherung hat sich ja auf das Arbeitszimmer konzentriert", erklärt Sophie.

„Außerdem is' das doch auch nur ein bisschen Schlamm", mischt sich Joseph ein.

„Was meinen Sie, wer Friedrich Dossberg erschossen hat?", wage ich einen Vorstoß.

„Woher sollen wir das wissen?" Sophie dreht mir den Rücken zu und verstaut Eimer und Wischlappen in einem der Schränke.

„Wissen Sie", Joseph senkt die Stimme und blickt mir direkt in die Augen. „Die meisten Leute glauben, bei den Reichen ist das Leben ein Kindergeburtstag. Aber ich weiß da besser Bescheid. Können Sie mir glauben. Wenn einem das nur um die Kohle geht, dann verliert man seine Liebe. Die kleinen Abenteuer zwischendurch können einen dann auch nicht mehr retten. Irgendwann glauben die alle, sich Liebe mit Geld kaufen zu können. Und dabei können sie richtig aufdringlich werden. Das hat noch keinem gutgetan."

„Ich weiß nicht, ob ich Sie richtig verstehe", sage ich.

„Lass gut sein, Joseph." Damit wendet sich Sophie wieder mir zu. „Manchmal neigt er zum Philosophieren."

Schriftstücke

ABB. I: PRESSETEXT

DAS INFERNO VON ST. NAZAIRE
(sf) In der Nacht vom 15. auf den 16. September ist es in St. Nazaire, einer französischen Stadt an der Loiremündung in der Nähe von Nantes, zu einem Brand gekommen. Die völlige Zerstörung des fast fertiggestellten Baus eines Hotels der Sol-Kette ist ein Desaster für den deutschstämmigen Franzosen Pascal Valloix, dessen Bauunternehmen mit der Errichtung des Hotels an der Atlantikküste betraut war. Auch hierzulande könnte sich der Unglücksfall auswirken. Schließlich war das Projekt eines der größten Investitionsgeschäfte, die die Janssen & Dossberg Immobilien seit langer Zeit getätigt hat. Ersten Unkenrufen zufolge hat sich der Hamburger Investor an diesem Vorhaben gehörig verschluckt, denn die Höhe der Investitionen stehe, so Kenner der Branche, in keinem Verhältnis zu Kapital und Rücklagen der Firma. Die Brandursache ist noch ungeklärt.

Wirtschaftswoche (17.09.03)

ABB. 2: LOSES BLATT

Reisekosten 2003
Aug./Sept.

von Hohengarten, Jasmin

Datum	Destination	Grund	Rückflug	Kosten
01.08.	La Coruña	Investoren-Meeting	02.08.	314,39 €
04.08.	Nantes	Investoren-Meeting	06.08.	485,14 €
15.08	La Coruña	Investoren-Meeting	16.08.	312,44 €
18.08.	La Coruña	Konzeptions-Konferenz	19.08.	325,70 €
02.09.	La Coruña	Konzeptions-Konferenz	03.09.	327,03 €
09.09.	La Coruña	Routine-Prüfung	10.09.	320,20 €
12.09	La Coruña	Investoren-Meeting	13.09.	315,67 €
15.09.	La Coruña	Routine-Prüfung	16.09.	315,67 €

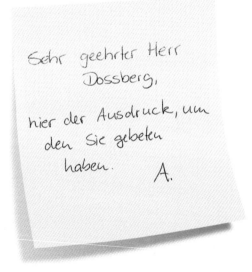

Sehr geehrter Herr Dossberg,

hier der Ausdruck, um den Sie gebeten haben.

A.

ABB. 3: TEXT AUF ZARTROSA PAPIER

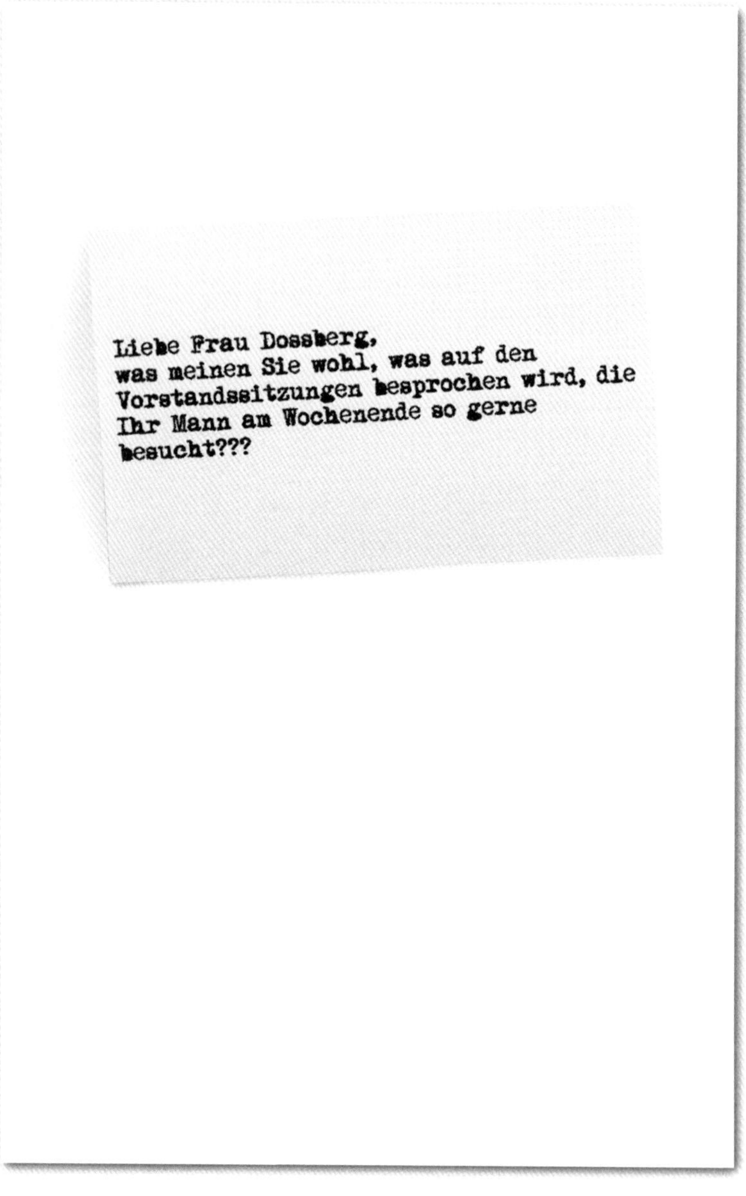

Liebe Frau Dossberg,
was meinen Sie wohl, was auf den
Vorstandssitzungen besprochen wird, die
Ihr Mann am Wochenende so gerne
besucht???

ABB. 4: ZWEI FAXE

Dricker & Klein Ermittlungen
Herrengraben 173
20459 Hamburg

18. September 2003

Eva Dossberg
Milchstraße 245
20148 Hamburg

Per Fax

Ihre Anfrage vom 18.09.

Sehr geehrte Frau Dossberg,

hiermit bestätigen wir den Eingang Ihres Auftrages vom heutigen Tage.

Hochachtungsvoll
Stephan Dricker

---

21. September 2003

Dricker & Klein Ermittlungen
Herrengraben 173
20459 Hamburg

Eva Dossberg
Milchstraße 245
20148 Hamburg

Per Fax

Ermittlungsstand in Sache D46/8

Sehr geehrte Frau Dossberg,

es tut uns leid, Ihnen mitteilen zu müssen, dass Ihr Mann zu den Gästen des „Club Rouge", eines Rotlicht-Etablissements, gehört. Weitere Nachforschungen unsererseits in dem Lokal selbst sind von der KaufmannPeier GbR, den Betreibern des Clubs, verhindert worden.

Hochachtungsvoll
Stephan Dricker

ABB. 5: ZWEI E-MAILS

Friedrich Dossberg

Von: o.v.b.@aol.com
Gesendet: Sonntag, 21.09.2003 19:22
An: dossberg@gmx.de
Betreff: Deine Anfrage wegen Verkauf

Lieber Friedrich,
zunächst möchte ich Dir für Dein Vertrauen danken, mich in dieser Angelegenheit zu kontaktieren. Ich kann Dir versichern, dass ich dem Grundsatz aller Freundschaft verbunden bin. Meine Lippen bleiben versiegelt. Dennoch muss ich Dir leider sagen, dass mir kein Sammler einfällt, den ich für Dich akquirieren könnte. Ich sende Dir aber hiermit eine Adresse, unter der Du es ruhig versuchen solltest. Benutze meinen Namen als Türöffner.
Er ist kein Sammler, er ist professionell.

Hier die Adresse: K.J.@gmx.net.

Friedrich Dossberg

Von: k.j.@gmx.net
Gesendet: Montag, 22.09.2003 14:30
An: dossberg@gmx.de
Betreff: Ihre Anfrage

Sehr geehrter Herr,
solcherlei Geschäfte pflege ich am Telefon zu verabreden.
Rufen Sie mich morgen zur Geschäftszeit an: (040) 046 015 16.

ABB. 6: NOTIZ

Lieber Wilhelm, an die folgenden Personen bitte noch ein Einladungsschreiben für meine Geburtstagsfeier senden:

Galerie Tannert
Galerie Mc Wayne
Galerie van Beer
Bertram Janssen
Carl-Gustav Wencken
Isolde Domingo
Donatella Verucini
Ludwig Stützer

F. D.

Lieber Wilhelm, bitte setzen Sie auch Peter Heilandt auf die Gästeliste für meinen Geburtstag. Eine Einladung muss ihm nicht zugesandt werden. Das habe ich bereits telefonisch geregelt.

F. D.

ABB. 7: FRIEDRICH DOSSBERGS KRITIKEN (IN AUSZÜGEN)

MEINE KRITIKEN

FRANK STELLA IM HAMBURGER KUNSTGEWÖLBE
Der künstlerischen Leitung des renommierten Hauses ist ein ganz besonderer Coup gelungen: In einer kleinen Schau werden ab heute 20 Gemälde des weltberühmten Künstlers Frank Stella gezeigt. Die Bilder befinden sich alle in Privatbesitz und zählen zudem zu den neuesten Werken des Kreativen. Schon seit einigen Jahren sorgt Stella mit den fantasievollen Hochreliefs für Begeisterungsstürme. (…) Ein Besuch der Ausstellung ist ein absolutes Muss in diesem Jahr.

DIE TAGESZEIT, 02.02.1988

LYRIK IN FARBE
Ab dem 15. Mai zeigt die Galerie Tannert einen ganz besonderen Augenschmaus. Hans Hartungs Skizzenbücher sind von der Seine bis an die Elbe gelangt, um dem interessierten Publikum Einblicke in die Arbeitsweise des in Deutschland geborenen Malers zu geben. Hartungs Bilder müssen als zeitlose, lyrische Projektionen gelten, deren Aussagekraft für die nachfolgenden Generationen Anschauungs- und Studienmaterial zugleich sind. (…)

DIE TAGESZEIT, 01.05.1988

KATZENJAMMER IM GOLDBEK-MUSEUM
(…) So ist denn auch die Ausstellung der eigentlich vielversprechenden Hamburger Künstlergruppe „Die Neue Sinnlichkeit", die ihre Pforten vergangenen Freitag geöffnet hat, zu einem Debakel geraten. Während sich Dietrich Stift und Karl-Heinz Überschall auf an Lichtenstein angelehnte Variationen der Pop-Art beschränken und damit zumindest ein erfrischendes Maß an Naivität über die Leinwand transportieren, sind solche Werke wie die der Malerin Sonja Tarmann allesamt banal und kitschig. Ihr Thema „Bilder meines Liebsten" ist im besten Falle blöde und ein Michael Peier, so der Titel eines ihrer abstrakten Bilder, muss sich nun wohl ein Leben lang schämen. (…)

„Kunst im Diskurs", 12.06.1988

NEUE WILDE AN DER SPREE
(…) Ein Name, den man sich merken muss: Iwan Kasov. Der gebürtige Deutsche ukrainischer Abstammung hält die Stadt in Atem. (…) Stellt man ihm die Frage, ob er sich eher als Performance-Künstler oder als Maler sieht, antwortet er mit einem schlichten „Ja". (…) Doch nicht nur seine unkonventionellen Ansichten den Kunstmarkt betreffend sorgen für Furore. Sein freier Umgang mit reiner Farbe erinnert schon auf den ersten Blick an sein großes Vorbild Henri Matisse. Man darf gespannt sein, was wir noch von ihm erwarten können.

„Berliner Aussichten", 25.08.1988

SINNLICHER NEUANFANG
(…) Mit der neuen Ausstellung, diesmal in eigens dafür angemieteten Räumlichkeiten auf St. Pauli, gelingt der Künstlergruppe „Die Neue Sinnlichkeit" also erstmals das, was noch vor einem halben Jahr unmöglich schien: klare Abstraktion und das sinnliche Spiel des Farbreigens. Unter die Zusammenarbeit mit der Banalität in Person ist ein Schlussstrich gezogen. Und mit der Person Tarmann ist auch der Tarmannsche Kitsch gegangen.

„Kunst im Diskurs", 25.11.1988

ABB. 8: WILHELM BAGUNDES MERKBLATT (IN AUSZÜGEN)

Beer, Clarissa van: 15/08/??; kein Gebäck zu Tee und Kaffee; Süßstoff statt Zucker; H-Milch statt Kaffeesahne; Obstsalat statt Dessert; Rind statt Schwein; Gemüsebrühe statt Cremesuppe; heißes Wasser statt Aperitif; nur Weißwein, aber den nicht so kalt und dazu ein Glas Wasser, aber mit Kohlensäure

Domingo, Isolde: 09/09/63; will nicht, dass man ihr aus dem Mantel hilft; *Sitzordnung:* nicht neben Gala Dossberg platzieren

Dossberg, Gala: 24/04/38; bringt ihrem Neffen gerne selbstgebackene Zitronenkekse mit, die aber außer ihr niemand isst; besteht auf Zitrone zu schwarzem Tee; *Sitzordnung:* nicht neben Isolde Domingo platzieren

Heilandt, Peter: 12/07/59; mixt gut und gerne Cocktails

Hohengarten, Jasmin von: 09/04/62; starke Raucherin; am späten Abend viel Mokka; *Sitzordnung:* ans Fenster

Janssen, Bertram: 10/08/60; ~~HT 12/05/88~~; Alkoholkonsum (!)

Janssen, Katharina: 13/12/62; ~~HT 12/05/88~~; Raucherin; Vegetarierin

Janssen, Sandra: 04/07/88; liebt Lakritz und Gummibärchen; allergisch gegen Erdnüsse und Tomaten

McWayne, Stephen: 17/01/77; Veganer; neigt zu unangemessener Kleidung (Krawatte bereithalten); Toilettenverhalten (!)

Neufeld, Clara: 27/06/67; Gelegenheitsraucherin; nicht auf ihren Gatten ansprechen

Steinberg, Harald: 24/09/42; HT 20/05/61; muss gesundheitsbedingt auf Alkohol verzichten; stößt oft zur Port-Runde der Herren Dossberg und Valloix und trinkt dann ein Glas mit

Steinberg, Karin: 28/11/42; HT 20/05/61; hat ein Faible fürs Canasta-Spiel

Stützer, Ludwig: 09/10/58; streng katholisch; raucht Zigarre

Tannert, Reinhard: 26/08/75; HT 09/09/99; liebt klassische Musik, aber keine deutsche; nur Tomatensaft zum Aperitif

Tannert, Sonja: 14/07/77; HT 09/09/99; verdächtigt J.v.H., ein Verhältnis mit ihrem Mann gehabt zu haben

Valloix, Pascal: 11/11/56; HT 29/07/76; zieht sich mit Herrn Dossberg gerne zurück (Portwein reichen!), neigt bei gesteigertem Alkoholkonsum zur Melancholie wegen seiner zahlreichen Geschäftspleiten, notorischer Glücksspieler

Valloix, Patricia: 07/04/58; HT 29/07/76

Verucini, Donatella: 16/03/70; besteht auf italienische Weine; *Sitzordnung:* nicht neben Peter Heilandt platzieren

Wencken, Carl-Gustav: 27/02/50; Diabetiker

ABB. 9: AUSZÜGE AUS FRIEDRICH DOSSBERGS TAGEBUCH

14.01.89 ~ Heute mit Eva im La Opera zu Abend gegessen. Der Liebe Flügel tragen weit, weit, unendlich weit.

01.08.89 ~ Termine: 10.00 Uhr Standesamt, 17.53 Uhr Abfahrt von Gleis 5 a/b

18.02.92 ~ August hat beschlossen, sich aus der Firma zurückzuziehen. Sieht so aus, als wolle er mich zum Geschäftsführer machen.

24.02.95 ~ Frau Sophie Menzel und Herrn Wilhelm Bagunde zum 15. zusagen.

17.07.96 ~ August ist tot. Eine seltsame Situation. Er hat Andeutungen gemacht, sein Testament betreffend. Ich werde sein Nachfolger werden, wenn ich ihn richtig verstanden habe. Bertram ist fuchsteufelswild.

20.07.96 ~ Emilia hat einen Schlaganfall gehabt. Ich muss Eva davon überzeugen, daß ihre Mutter in einem Pflegeheim besser aufgehoben ist. Ein hartes Stück Arbeit.

25.09.96 ~ Bertram hat eine Firma gegründet. Ich werde ihm die Aufträge für den Innenausbau erteilen. Das bin ich August schuldig. Sonst treibt Bertram sich noch selbst in den Ruin.

09.11.96 ~ Emilia ist tot. Ich glaube, Eva gibt sich die Schuld, weil sie meinem Drängen nachgegeben hat - und mir, weil ich sie gedrängt habe.

01.09.99 ~ Stellwände für Donatellas Ausstellung am 23. besorgen.

22.11.99 ~ Schreckliche Schuldgefühle Eva gegenüber. Es ist tasächlich passiert. Aber ich konnte ihr einfach nicht widerstehen.

17.02.03 ~ Eva ist seltsam. Meine Kapriolen scheinen Aufsehen erregt zu haben. Das Klima wird spürbar frostiger.

22.02.03 ~ Termine: 14.00 Uhr H im CR

25.02.03 ~ Donatella informieren ~ Unterstützung beenden

Fingerzeige

FINGERZEIG ZUM ERSTEN KAPITEL

Der Anblick von Friedrich Dossbergs Leiche hat sich in meinen Kopf gebrannt. Ich kann kaum einen klaren Gedanken fassen. Also ziehe ich mich auf das Gäste-WC zurück und hole mein Handy hervor. Mit leicht zitternden Händen blättere ich im Adressbuch zur Nummer meines Mannes Jens.

„Hallo Schatz", meldet sich die vertraute warme Stimme am anderen Ende der Leitung.

„Jens! Gut, dass ich Dich erreiche."

„Clara?" Er stockt. „Ist etwas passiert? Du hörst Dich seltsam an."

„Friedrich Dossberg ist ermordet worden", sprudelt es aus mir heraus. „Wir haben eben seine Leiche entdeckt."

„Was? Willst Du mich auf den Arm nehmen?"

„Damit mache ich keine Witze. Es ist mein voller Ernst."

„Wie ist das passiert?"

„Das weiß ich nicht. Er sitzt an seinem Schreibtisch und ist blutüberströmt." Wieder dieses Bild vor Augen. Ich schlucke gegen eine aufkeimende Übelkeit an.

„Habt ihr die Polizei gerufen? Ihr dürft nichts am Tatort verändern. Das ist Dir ja wohl bewusst?" Plötzlich ist es nicht mehr mein Mann, mit dem ich spreche, sondern der Polizist Jens Neufeld. „Am Anfang der Ermittlungen ist es für die Polizei von entscheidender Bedeutung, den Tatort ganz genau in Augenschein nehmen zu können. Der Täter hinterlässt immer eine Spur, gewollt oder ungewollt."

„Natürlich ist mir das bewusst", erwidere ich – vielleicht etwas zu laut.

„Okay, beruhige Dich. Sammeln wir erst mal die Fakten. Du weißt nicht, wie das Opfer zu Tode gekommen ist?"

„Nein, das sage ich doch." Die ruhige Stimme meines Mannes hilft mir, wieder zu mir zu finden.

„Wenn Du keine Tatwaffe gesehen hast, dann muss der Täter sie noch bei sich haben. Oder er hat sie irgendwo versteckt. Ist der Mörder noch im Haus?"

„Keine Ahnung."

„Dann sei bitte vorsichtig. Sollte er noch da sein, wird er alles tun, um seine Spuren zu verwischen. Halte Dich fern von den Menschen, die ein Motiv für den Mord haben könnten. Fällt Dir da jemand ein?"

„Da gibt es schon den einen oder anderen." Ich setze mich auf den Deckel der Toilette. „Im Moment sehe ich aber noch nicht ganz klar. Die Leute hier sind von Haus aus seltsam. Künstler und Society eben."
„Dann beobachte vor allem das Außergewöhnliche. Wer benimmt sich auf eine bestimmte Art und Weise seltsam? Gibt es Besonderheiten, die Dir bei der Betrachtung eines der Anwesenden sofort auffallen? Und wenn ja: Wie kam es dazu?" Mittlerweile hat sich Jens in Rage geredet. Sein kriminalistischer Verstand arbeitet auf Hochtouren. „Wo waren die Anwesenden zum Zeitpunkt des Mordes? Vielleicht kannst Du an diesen Orten Beweise für ihr Alibi finden oder aber Hinweise dafür, dass sie eben kein Alibi haben. Was ist heute vor dem Mord passiert?"
„Jens, ich bin nicht die Polizei."
„Versteh' mich bitte nicht falsch." Seine Stimme wird eindringlich. „Ich versuche nur, Dir klarzumachen, dass Du jetzt ganz vorsichtig sein musst. Niemand darf die Villa verlassen, bis die Polizei angekommen ist. Und solange Du in diesem Haus bist, musst Du die Augen offen halten, um dem Täter nicht zufällig in die Quere zu kommen. Das könnte gefährlich werden. Also, achte auf Dich!"
„Okay, versprochen."
„Oftmals führt die beste Spur zum Täter über dessen Bemühungen, seine Spuren zu verwischen, denn auch dabei hinterlässt er Spuren. Und noch etwas: Zum Zusammensetzen eines Puzzles benötigt man Zeit. Nichts ist von Beginn an klar. Das habe ich in den letzten Jahren gelernt."

FINGERZEIG ZUM ZWEITEN KAPITEL

Als ich mich auf das Gäste-WC begebe, um meinen Mann Jens anzurufen, weht mir ein unappetitlicher Geruch entgegen. Einer der anderen Gäste muss vor kurzem hier gewesen sein. Ich stelle mich an das geöffnete Fenster, bevor ich mein Handy aus der Tasche nehme und das Telefon die Nummer meines Mannes anwählen lasse.
„Hallo Schatz", meldet sich mein Mann.
Nachdem ich ihm einen kurzen Abriss der Geschehnisse gegeben habe, bleibt es für einige Zeit still in der Leitung. Anscheinend hat Jens sich Notizen gemacht, die er kurz durchgeht.
„Also hast Du jetzt eine ziemlich detaillierte Zusammenfassung der Geschehnisse des heutigen Tages", sagt er. „Du kennst in etwa Friedrichs Tagesablauf und die Ankunftszeiten der Gäste. Außerdem gibt es zwei mehr oder weniger verdächtige Ereignisse in der jüngsten Vergangenheit, die allerdings nicht unbedingt mit dem Mord zu tun haben müssen." Wieder macht er eine Pause. „Jetzt hast Du verschiedene Möglichkeiten. Du könntest zum Beispiel versuchen, Friedrichs Tagesablauf genau zu rekonstruieren, indem Du die Villa auf seine letzten Tätigkeiten hin untersuchst. Du kannst Dich natürlich auch näher mit den Ereignissen beschäftigen, von denen der Hausdiener erzählt hat. In jedem Fall solltest Du Deine Ermittlungsergebnisse erst zusammentragen, bevor Du Rückschlüsse daraus ziehst. Gleiche einfach Deine neuen Erkenntnisse mit den alten ab. Vielleicht ergeben sich Gemeinsamkeiten."

FINGERZEIG ZUM DRITTEN KAPITEL

In meiner Handtasche vibriert das Handy. Ein Blick auf das Display zeigt an, dass Jens, mein Mann, versucht, mich zu erreichen. Als ruhigster Ort hat sich momentan das Gäste-WC erwiesen. Also mache ich mich auf den Weg in Richtung des Raumes und nehme das Gespräch entgegen.

„Hallo Jens", flüstere ich in den Apparat. „Was für ein Zufall. Gerade wollte ich Dich anrufen." Mit diesen Worten ziehe ich die Tür hinter mir zu und schließe ab.

„Na, wie steht's in Hamburg?", fragt Jens.

Nachdem ich ihn auf den letzten Stand der Entwicklungen gebracht habe, rattert es in seinem Gehirn.

„Dieser Heilandt scheint ein durchtriebener Erpresser zu sein, soviel steht fest. Also ist das Spiel ‚Jeder gegen Jeden' schon in vollem Gange."

„So scheint es. Kann ich Deine Meinung zu den anderen Punkten hören?"

„Okay." Jens seufzt. „Was mir aufgefallen ist, ist die komplizierte Art und Weise, mit der Friedrich seinem französischen Freund helfen wollte. Er wollte etwas verkaufen, gut. Aber warum hat ein seriöser Geschäftsmann wie er solche Probleme damit? Hat er etwas zu befürchten, wenn er es einfach irgendwem anbietet? Und die daraus resultierende Frage: Was genau wollte er eigentlich verkaufen? Vielleicht gibt das entsprechende Objekt Antwort auf so manche Frage. In diesem Zusammenhang: Ich finde Friedrichs Antwort auf die Bemerkung des Chauffeurs äußerst seltsam. Was genau ist dabei lustig?

An dem Fax wiederum finde ich nichts Ungewöhnliches. Es ist relativ eindeutig, dass Dossberg einer Sache auf der Spur war, die sein Interesse erregt hat. Warum hätte er ein Fax dieses Inhalts sonst bei sich führen sollen? Das fällt doch eigentlich in den Arbeitsbereich seiner Sekretärin oder irgendeiner Abteilung, die sich mit Spesen und solchem Kram befasst. Wenn es noch andere Schriftstücke gäbe, die sich mit dem gleichen oder einem ähnlichen Thema befassen, sollte man die Daten genau mit denen auf dem Fax abgleichen. Ich denke, dann würde man ein gutes Stück weiterkommen."

„Danke, Jens. Ich glaube, das hilft mir schon."

„Noch ein Wort zu diesem ominösen Aquarell."

„Nur zu. Nur zu."

„Meiner Meinung nach wollte da jemand etwas verschleiern, hat aber nicht genau genug hingesehen. Diese durchgedrückte Schrift ist sicherlich nur sichtbar, wenn man das Blatt gegen das Licht hält."

„So scheint es. Ja." Ich versichere Jens noch einmal, vorsichtig zu sein. Dann lege ich auf und verlasse das WC.

FINGERZEIG ZUM VIERTEN KAPITEL

Als ich versuche, meinen Mann Jens per Handy anzurufen, erreiche ich nur seine Mailbox. Bevor ich es ein zweites Mal probiere, begebe ich mich auf das Gäste-WC und ziehe meinen Lidstrich nach. Dann klingelt mein Handy.
„Du hast versucht, mich zu erreichen?", fragt Jens am anderen Ende der Leitung.
Mit gedämpfter Stimme erzähle ich ihm von den denkwürdigen Ereignissen, die sich bisher in der Villa zugetragen haben.
„Die Kohlezeichnungen scheinen eine zentrale Rolle zu spielen", bemerkt er. „Nach allem, was Du mir erzählt hast, hat Friedrich etwas überprüfen wollen. Immerhin lag doch ein Kunstband auf dem Schreibtisch im Arbeitszimmer. Irgendetwas scheint ihn stutzig gemacht zu haben. Gab es nicht auch einen Streit mit einem der Gäste, kurz bevor er sich die Bilder zur Brust genommen hat?"
„Mit diesem Konrad Jacobi", erkläre ich.
„Der Studienfreund. Hm. Das passt nicht so recht ins Bild. Oder? Und jetzt kommt auch noch heraus, dass die Bilder Diebesgut sind."
„Was sagst Du zu dem Fax?"
„Das ist doch mehr als eindeutig. Eva hat Friedrich misstraut. Warum auch immer. Und da hat sie ihm die Spürhunde auf den Hals gehetzt."
„Klar", gebe ich zu. „Aber das sind doch Kleinigkeiten. Die führen mich doch nicht auf die Spur des Mörders."
„Misstrauen und Eifersucht sind eine tödliche Mischung, mein Schatz", lacht Jens. „Aber mal im Ernst: Oft sind es die beiläufig entdeckten Kleinigkeiten, die der Schlüssel sind."
„Wie Du meinst. Das bringt mich aber auch nicht weiter."
„Dann kommen wir zu diesem Harald Steinberg. Ein seltsamer Typ, wenn Du mich fragst."
„Wenn Du mich fragst, laufen hier nur seltsame Typen rum", erwidere ich.
„Kommst Du zu einem schlüssigen Ergebnis, wenn Du seine Datumsangaben mit den Daten vergleichst, die Du schon gesammelt hast?"
„Habe ich noch nicht ausprobiert."
„Fleißarbeit gehört zum Job eines jeden guten Detektivs."

FINGERZEIG ZUM FÜNFTEN KAPITEL

„Ich denke, die Polizei wird euch jetzt bald gehen lassen." Die Stimme meines Mannes dringt verzerrt durch mein Handy. Ich sitze auf dem Gäste-WC und versuche im Gespräch mit Jens der Lösung des Falls ein Stück näherzukommen.
„Hast Du Dich mal näher mit der Person Sonja Tarmann auseinandergesetzt?", fragt Jens.
„Da ist nicht viel, mit dem ich mich beschäftigen könnte", gebe ich zurück.
„Dann solltest Du das Wenige besonders gut durchdenken."

Den Fall abschließen

DIE FRAGEN ZUM FALL

An dieser Stelle sind Sie aufgefordert, die seltsamen Vorfälle aufzuklären, die sich in Friedrich Dossbergs Umfeld abgespielt haben. Beantworten Sie die Fragen schriftlich.

Wenn Sie sich nicht sicher sind, ob Sie die Fragen korrekt beantworten können, oder wenn Sie Lust haben, Ihre Ermittlungen auf Wege zu lenken, die Sie bisher noch nicht beschritten haben, spricht nichts dagegen, die Zeit zurückzudrehen und an einem beliebigen Punkt der Geschichte noch einmal „nachzuermitteln" oder gar noch einmal ganz von vorn zu beginnen. Um sich selbst zu überprüfen, haben Sie die Möglichkeit, bei

krimitotal.de/kugeln_statt_blumen/

Ihre Lösung in ein dafür bereitgestelltes Formular einzugeben und prüfen zu lassen, ob Ihre Antworten richtig sind. Im Falle einer falschen Antwort ist es Ihnen so möglich, weiter zu ermitteln, denn die Lösung wird nicht verraten.

Generell gilt aber, dass Sie auf jeden Fall noch einmal alle Ermittlungsergebnisse auf den Prüfstand stellen sollten. Nichts ist so einfach, wie es am Anfang zu sein scheint ...

Erst wenn Sie alle Fragen beantwortet haben, wenden Sie sich der Auswertung zu und lesen **„Die Lösung des Falls"** *(Seite 182).*

TEIL 1 – DER MORD AN FRIEDRICH DOSSBERG

1a Wer erschoss Friedrich Dossberg?

1b Warum wurde er getötet?

1c Wo befindet sich die Tatwaffe?

TEIL 2 – DER HOTELBRAND IN FRANKREICH

2a Wer war verantwortlich für den Hotelbrand in Frankreich?

2b Warum kam es zu der Brandstiftung?

2c Welches Alibi verschaffte sich der Täter / die Täterin?

TEIL 3 – DIE DREI KOHLEZEICHNUNGEN

3a Was war das Besondere an den Kohlezeichnungen auf Friedrich Dossbergs Schreibtisch?

3b Wer war dafür verantwortlich?

3c Wo befinden sich die drei von Moritz Lustig gezeichneten Bilder jetzt?

Lösung und Auswertung

DIE LÖSUNG DES FALLS

Das letzte gemeinsame Zusammentreffen findet nicht wie gewohnt in der Halle statt, sondern im wesentlich gemütlicheren Salon. Wilhelm Bagunde feuert die verglimmende Glut des Kamins neu an, nachdem er auf einem Tablett Gläser und die letzte Flasche Whiskey des heutigen Abends kredenzt hat. Eva Dossberg hat mit mir auf dem Sofa Platz genommen. Neben ihr sitzt ihr Bruder Bertram, der seine Hand fürsorglich auf die ihre gelegt hat. Beiden ist ihre Nervosität anzusehen. Jasmin von Hohengarten steht am geöffneten Fenster hinter dem Sofa, blickt in den Garten und raucht eine Zigarette. Auf den drei Sesseln haben sich Peter Heilandt, Donatella Verucini und Konrad Jacobi niedergelassen. Während die beiden Männer eher gelassen wirken, fährt sich die Italienerin beständig durch die Haare. Sophie Menzel sitzt verschüchtert etwas abseits auf dem Hocker vor dem Flügel. Joseph Fisching steht hinter ihr, beide Hände auf ihre Schultern gelegt. Die Kommissare Kolbing und Bosse-Liebich betreten den Salon zuletzt. Nachdem sie die Tür geschlossen haben, ist nur das Ticken der alten Standuhr zu vernehmen. Bevor die Stille zu drückend wird, beginnt Kolbing zu sprechen.
„Dass es sich beim Fall Dossberg nicht nur um einen Mord handelt, dürfte mittlerweile bekannt sein. Der kunstbegeisterte Immobilienkaufmann wurde zum Opfer mehrerer Verbrechen, doch nur eines sollte zu seinem Tode führen."

Der Kommissar geht ein paar Schritte auf Peter Heilandt zu, bevor er fortfährt. „Vielleicht möchten Sie selbst etwas beitragen?"
Statt einer Antwort blickt Heilandt wortlos zu Boden.
„Gut, dann werde ich nicht darum herumkommen, der versammelten Gemeinschaft etwas über Ihre Machenschaften zu erzählen." Kolbing kommt in Stimmung. „Da wäre zunächst das von der Haushälterin belauschte Telefonat, in dem Heilandt forderte, ein paar Leuten vorgestellt zu werden, ansonsten gäbe es einen zweiten und präziseren Hinweis. An dieser Stelle können wir davon ausgehen, dass Friedrich Dossberg von Heilandt erpresst wurde. Das Ziel dieser Erpressung war, Heilandt Kontakte zu verschaffen. Außerdem erfahren wir, dass es bereits einen irgendwie gearteten Hinweis gegeben hat, der Dossberg Schaden zu-

fügen konnte. Vermutlich musste Heilandt also erst beweisen, dass er es mit der Erpressung wirklich ernst meinte, bevor Dossberg sich auf die Sache einließ." Heilandts Blick ist immer noch auf den Boden gerichtet.
„Dieser erste ominöse Hinweis", fährt Kolbing fort und richtet seinen Blick nun auf die Ehefrau des Verstorbenen, „ließ sich bei der Untersuchung von Eva Dossbergs Zimmer finden. Er ließ zwar konkrete Anhaltspunkte vermissen, wies jedoch klar in Richtung Ehebruch. Einige Zeit nachdem die Hausherrin das anonyme Schreiben empfangen hatte, beauftragte sie eine Detektei, der Spur nachzugehen. Das Ergebnis war, dass sie nun Gewissheit hatte: Friedrich Dossberg war Gast im *Club Rouge*, einem Etablissement im Rotlichtmilieu – und damit war er erpressbar." Evas Augen füllen sich mit Tränen, aber Kolbing hält an dieser Stelle wohl nicht viel von hanseatischer Zurückhaltung.
„Bliebe noch die Frage zu klären, warum genau Heilandt Dossberg erpresste. Ein Gespräch mit Donatella Verucini über ihren Kollegen oder die Untersuchung des Kellers ergeben, dass es sich bei Peter Heilandt um einen bestenfalls untalentierten Maler handelt, der allein wohl keine Chance hätte, auf dem Kunstmarkt zu bestehen. Anders sähe es wohl mit einem Gönner aus, der über entsprechende Kontakte verfügte. So jedenfalls schien Heilandt in seiner Naivität gedacht zu haben."
„Das macht mich doch aber nicht zu einem Mörder." Heilandt springt auf und ringt nach Worten, findet aber keine passenden und setzt sich wieder.
„Gewiss tut es das nicht." Kolbing schmunzelt.

Dann blickt der Kommissar wissend zur Person am geöffneten Fenster. „Wenden wir uns nun Frau von Hohengarten zu."
Die Angesprochene wendet uns ruckartig den Rücken zu und drückt ihre Zigarette im Aschenbecher auf dem Sims aus. Dabei blickt sie über die Schulter. „Da bin ich aber gespannt."
Kolbing bleibt unbeeindruckt von ihrer herablassenden Art. „Sie waren Dossbergs Geliebte. Indizien dafür finden sich auf dem Fax, das die Detektei *Dricker & Klein* an Frau Dossberg schickte. Es ist erkennbar, dass Herr Dossberg mit Ihnen immer etwa zur gleichen Zeit telefonierte. Dass dabei nicht geschäftliche Belange diskutiert wurden, geht

einmal aus der Uhrzeit hervor, zu der die Telefonate geführt wurden, und aus der Tatsache, dass es sich um den Privatanschluss von Frau von Hohengarten handelte. Denn wir wissen auch, dass die Detektei die Gespräche mit den Geschäftsapparaten der Firma aus der Liste gestrichen hatte. Schließlich und endlich wusste auch Wilhelm Bagunde von einem Ereignis zu berichten, das die Beziehung zwischen den beiden in ein persönliches Umfeld statt in ein rein geschäftliches rückte. Außerdem geht aus der Aussage des Hausdieners hervor, dass die Affäre am 13. August mit einem Streit endete. Wir können nur vermuten, dass Dossberg den Schlussstrich zog; vielleicht weil er Angst hatte, seine mittlerweile misstrauisch gewordene Ehefrau könnte durch Peter Heilandts Treiben auch hinter seine Beziehung mit Jasmin von Hohengarten kommen."

„Was hat das schon zu sagen?" Die nächste Zigarette ist schnell entzündet. „Ich habe Friedrich eben mehr zu bieten gehabt, aber er konnte von seiner kleinen, spießbürgerlichen Welt nicht lassen. Glauben Sie im Ernst, ich wäre so verzweifelt, mir für einen solchen Mann das Leben zu versauen? Bestimmt nicht."

„Nun, vielleicht muss ich weiter ausholen", sagt Kolbing. „Bis hierher scheint es sich tatsächlich nur um eine einfache, wenn auch schmerzliche Trennung zweier Menschen zu handeln. Wenn wir uns jedoch näher mit den Umständen des Brandes in Frankreich befassen, müssen wir erkennen, dass Friedrich Dossberg für die Beendigung der Affäre büßen musste. Im privaten Zimmer des Hausherrn lag ein Aktenhefter. Er klärte über die näheren Umstände des Brandes auf, der sich in der Nacht vom 15. auf den 16. September ereignete hatte. Das dem Ordner beigefügte Blatt enthielt die Auflistung der Reisekosten von Frau von Hohengarten und wies aus, dass sich die Abteilungsleiterin zur Zeit des Brandes in La Coruña, Spanien, aufhielt. Soweit, so gut. Wir wissen nun, dass Friedrich Dossberg misstrauisch war und Frau von Hohengarten mit dem Brand in Verbindung brachte. Sie aber hatte ein Alibi. Das sollte sich mit der Lektüre des Fax aus Spanien jedoch ändern. Hierin tauchten nämlich mehrere Zeiten auf, zu denen Mitarbeiter der Firma im *Hotel del Sol* gewohnt hatten, nicht jedoch der 15./16. September. Wo Frau von Hohengarten zu jener Zeit wirklich war, enthüllte dann die Aussage von Harald Steinberg, mit dessen Frau die Abteilungsleiterin am 16. September in einem Flugzeug saß, das in

Frankreich gestartet war. Demnach musste Frau von Hohengarten zur fraglichen Zeit in Frankreich gewesen sein und sich mittels gefälschter Belege ein Alibi verschafft haben. Mit ein wenig Tipp-Ex und einem Kopierer ließ sich vermutlich die Hotelrechnung für das *Hotel del Sol* fälschen – eine frühere Rechnung umdatieren. Hierbei vergaß die Übeltäterin jedoch, auch die Kosten für den imaginären Aufenthalt zu verändern. Wie aus den Reisekostenunterlagen hervorgeht, variieren die Kosten jeweils um wenige Euro; die letzte und vorletzte Rechnung hingegen weisen exakt denselben Betrag auf. Dieses eher marginale Indiz mag es gewesen sein, das Friedrich Dossberg stutzig machte. Um die Flugtickets für Hin- und Rückflug von und nach La Coruña zu erhalten, flog Frau von Hohengarten einfach in zwei Etappen nach Frankreich und zurück. Sie stieg jeweils in La Coruña um und hatte auf diese Weise die originalen Flugtickets für ihr Alibi. Dummerweise lief sie auf dem Rückflug der Familie Steinberg in die Arme.
All dies muss zu dem Schluss führen, dass Frau von Hohengarten eine Brandstifterin ist. Zweifelsfrei beweisen kann man es ihr wohl nicht. Und dies mag auch der Grund gewesen sein, weshalb sie überhaupt zum Geburtstag ihres ehemaligen Geliebten gekommen ist, denn Rache ist nur dann süß, wenn man die Früchte selbst ernten kann – will heißen, wenn man das Opfer leiden sieht."
„Wie Sie selbst sagen", Jasmin zieht die Augenbrauen hoch, „können Sie keine Beweise für Ihre abwegige Theorie liefern. Ich für meinen Teil werde mich jeglichen Kommentars enthalten."
„Das ist Ihr gutes Recht. Ich für meinen Teil werde den Fall an die entsprechende Abteilung meiner Behörde weiterleiten. Glauben Sie mir, auch die französischen Kollegen können tief graben." Ein siegesgewisses Lächeln umspielt Kolbings Lippen.

„Auf gewisse Weise mit dem Hotelbrand verbunden sind auch die Geschichten von Donatella Verucini und Konrad Jacobi." Hedda Bosse-Liebich hat das Wort ergriffen. „Der Chauffeur berichtete in seiner Aussage von dem Gespräch, in dem Dossberg erwähnte, er wolle seinem Freund aus Frankreich finanziell unter die Arme greifen. Zu diesem Zweck wolle er etwas verkaufen und das Geld würde er seinem Freund zukommen lassen. Ein kleines Wortspiel enthüllte dann die Natur der Dinge, die Dossberg zu veräußern gedachte. Auf die Bemerkung des

Chauffeurs, es sei nicht lustig, wenn man so sehr auf Geld angewiesen sei, dass man etwas verkaufen müsse, lachte Dossberg. Er antwortete: ‚In dieser speziellen Situation sei es eben doch lustig.' Damit meinte er keineswegs, dass er einen Hang zum Tragikomischen hätte, sondern er meinte ganz wortwörtlich, dass es lustig sei, was er zum Verkauf anbot. Lustig. Moritz Lustig. Der Künstler, der die drei Kohlezeichnungen angefertigt hatte, die zu Beginn des Abends auf dem Schreibtisch im Arbeitszimmer lagen.

Wie dann später zu erfahren war, wurden alle drei Kohlezeichnungen gestohlen, bevor sie in den Besitz von Friedrich Dossberg gelangten. Um sie wieder verkaufen zu können, musste sich Dossberg also dunkler Kanäle bedienen. Bei der Untersuchung des Autos in der Garage ließen sich E-Mails finden, die eben dieses Bestreben des Mordopfers belegen und darüber hinaus noch die wahre Identität eines Gastes in der Villa offenbarten. Konrad Jacobi ist nämlich keinesfalls ein alter Studienfreund aus Süddeutschland, sondern ein Antiquar aus Hamburg, was auch die Telefonliste zu erkennen gab." Die Kommissarin macht eine Pause und alle Blicke richten sich auf den nun leichenblassen Jacobi.

„Das … das … Glauben Sie jetzt etwa, ich hätte Herrn Dossberg erschossen? Er wollte mich übers Ohr hauen, aber dafür begehe ich doch keinen Mord." Jacobi scheint ernsthaft schockiert.

„Die Einlassungen von Friedrich Dossbergs Freund", fährt die Kommissarin ungerührt fort, „an den er sich zuerst wandte, als er einen Käufer für die heiße Ware suchte, belegen zudem, dass Jacobi ein Hehler war. Damit wissen wir, dass Dossberg die drei Kohlezeichnungen Konrad Jacobi verkaufen wollte, um seinem französischen Freund zu helfen. Wie wir aber auch wissen, kam es nicht zu einem Verkauf. Und Wilhelm Bagunde wusste überdies zu berichten, dass Herr Jacobi erregt die Villa verlassen hatte."

„Ich sage doch, dass Herr Dossberg mich betrügen wollte. Wo ich mich schuldig gemacht haben soll, kann ich beim besten Willen nicht erkennen." Zum ersten Mal an diesem Abend ist Konrad Jacobi hellwach.

„Für die Klärung dieser Vorgänge muss man die Person Donatella Verucini beleuchten. Eine Untersuchung des Gästezimmers, in dem die Künstlerin ihre ominöse und so schnell geheilte Knöchelverstauchung kuriert hatte, ergab zwei bemerkenswerte Indizien. Zunächst war da der Gehstock, dessen unteres Ende ein Außengewinde aufwies. Viel aufschlussreicher in diesem Stadium der Ermittlungen war jedoch der Brief von Donatellas Mutter, in dem von der finanziellen Misere des Vaters die Rede war. Donatella Verucini brauchte Geld, viel Geld. Außerdem war ihr bewusst, dass Friedrich Dossberg sie nicht länger unter seine Fittiche nehmen wollte. Er glaubte daran, dass die Verucini auch alleine auf dem Kunstmarkt bestehen könne. Für die finanzielle Situation der Malerin war das nicht gerade ein Segen. Doch da kam ihr der Zufall zu Hilfe. Wie wir wissen, fand am 16. August ein Abendessen im Hause Dossberg statt, bei dem Galeristen und Künstler, also auch Donatella Verucini, anwesend waren. Es muss der Malerin gelungen sein, den Schlüsselbund in die Hände zu bekommen und unbemerkt in die Galerie zu gelangen. Dort öffnete sie den Safe und fand die Zeichnungen von Moritz Lustig. Anstatt nun aber die Bilder zu stehlen, machte sie einen Abdruck des Schlüssels mit rotem Knetgummi, wovon noch die letzten Spuren am Schlüsselkopf zeugen. Dann verschloss sie den Safe wieder, vergaß aber, den Schlüssel zweimal im Schloss zu drehen; sie verschloss den Safe nur einmal. Den Schlüssel ließ sie unbemerkt im Salon zurück. In der Zeit bis zum heutigen Abend zeichnete sie Kopien der Bilder und ließ mit dem Abdruck im Knetgummi einen Nachschlüssel für den Safe anfertigen. Am heutigen Abend erschien sie scheinbar fußkrank in der Villa – aus zwei Gründen. Erstens brauchte sie eine Rechtfertigung, um in das direkt neben der Galerie befindliche Gästezimmer zu gelangen, und zweitens benötigte sie auch eine Erklärung für den Gehstock, den sie bei sich führte. Dieser nämlich erfüllte eine einfache Aufgabe, die sich uns erschließt, wenn wir die Galerie einer Inspektion unterziehen. In einer der vergitterten Bodenvertiefungen vor dem Safe lag eine Metallkappe mit Innengewinde. In ihren Ausmaßen passte sie genau auf das untere Ende von Donatella Verucinis Gehstock im Gästezimmer. Wenn sich die Metallkappe auf den Gehstock schrauben lässt, dürfte der Sinn des Stockes klar sein. Er ist im Inneren hohl und damit vorzüglich geeignet, um zusammengerollte Papiere darin zu verstecken. So also brachte die Malerin die Fälschungen der Lustig-Zeichnungen in die Villa. Nachdem sie mit dem Nachschlüssel den Safe geöffnet hatte, tauschte sie die Bilder aus und verbarg die Originale in ihrem Gehstock. Beim Zuschrauben muss ihr die Metallkappe auf den Boden gefallen sein.

Sie rollte unglücklicherweise in eine der Vertiefungen im Boden, wo sie unerreichbar war, solange das Gitter darauf lag. Also musste die Malerin diesen Hinweis auf ihre Machenschaften zurücklassen. Den Gehstock allerdings konnte sie nicht mehr verwenden, ohne das Risiko einzugehen, dass die Zeichnungen aus dem unverschlossenen unteren Ende herausrutschten. Und so kam es zu der wundersamen Heilung ihres Knöchels."

„Pah!" Empört reißt die Italienerin die Augen auf. „Fälschungen? Sie wissen eben den Wert von guten Arbeiten nicht zu würdigen. Ich habe mich lediglich an Moritz Lustig angelehnt und wollte sehen, ob ich es schaffe, das Auge meines Mäzens zu täuschen. Natürlich hätte ich ihn heute Abend über meinen kleinen Scherz aufgeklärt. Ihr Deutschen seid so humorlos."

„Auch mit diesem Fall werden sich andere Kollegen befassen. Wir sind lediglich hier, um einen Mord aufzuklären." Zum letzten Mal haben die Züge im Gesicht der Kommissarin etwas verbindlich Strenges. „Wenden wir uns nun wieder Konrad Jacobi zu. Kurz vor 17.00 Uhr ging Friedrich Dossberg in die Galerie und holte die Lustig-Zeichnungen aus dem Safe. Wie wir wissen, befanden sich zu diesem Zeitpunkt bereits die Fälschungen in der Mappe. Natürlich musste Konrad Jacobi die Fälschungen erkennen, denn immerhin arbeitet er als Antiquar und Kunsthehler, der auf seinen Sachverstand angewiesen ist. Außerdem standen Donatella Verucini die Originale nicht zur Verfügung, als sie die Zeichnungen fälschte; sie dürfte sich mit Kunstdrucken begnügt haben. Als Jacobi die Fälschungen enttarnte, wurde er verständlicherweise wütend und wollte die Villa verlassen. Da aber der Tank seines Autos leer war, saß er fest."

„All diese Geschehnisse weisen jedoch noch nicht den Weg zur Identität des Mörders von Friedrich Dossberg", meldet sich Kolbing nun wieder zu Wort. „Um dieser auf die Spur zu kommen, muss man sich mit der Person Sonja Tarmann vertraut machen; jener Frau, die das Aquarell gemalt hatte, das der tote Dossberg in der Hand hielt. Der Name der Künstlerin tauchte nur wenige Male auf – aber jedes Mal war ein wenig von ihrem schweren Lebensweg zu erfahren. Wenden wir uns zunächst der Galerie zu, in der Friedrich Dossberg sein Wirken als Kritiker feierte. Hier war zu erfahren, dass Sonja Tarmann zur Künstlergemeinschaft *Die Neue Sinnlichkeit* gehörte. Dossbergs Kritiken waren niederschmetternd. Er zerriss die Werke der jungen Malerin in der Luft. Im November 1988 war Sonja Tarmann nicht mehr Mitglied der Gemeinschaft. Es scheint so, als hätte sich *Die Neue Sinnlichkeit* von ihr getrennt, um den schlechten Kritiken zu entgehen. Wenig später nahm sich Sonja Tarmann an ihrem 30. Geburtstag das Leben. Ihr tendenziell depressives Naturell und die Nichtbeachtung ihrer Leistungen wurden ihr zum Verhängnis. Friedrich Dossberg trug mit seinen Kritiken dazu bei, Sonja Tarmanns Seelenleben zu zerstören. In der Galerie erfuhren wir außerdem, dass der Lebensgefährte von Sonja Tarmann Michael Peier hieß. Ein Michael Peier fand sich auch auf der Telefonliste, die *Dricker & Klein* an Eva Dossberg faxte. Es gab also einen Kontakt zwischen Dossberg und Peier, viele Jahre nach Sonja Tarmanns Ableben.

All dies lässt den Schluss zu, dass Friedrich Dossberg sterben musste, weil er in den Augen des Täters verantwortlich für Sonja Tarmanns Selbstmord war. Der Täter heißt Michael Peier. Um ihn zu enttarnen, bedarf es nur noch einer einzigen Kombination zweier Indizien." An dieser Stelle lässt Kolbing den Blick durch den Raum schweifen. Allen Anwesenden ist die Nervosität ins Gesicht geschrieben. Die Uhr tickt, das Feuer knistert.

„In der Telefonliste erschien ein Gespräch zwischen Dossberg und Peier am 21. September um 22.08 Uhr. Der Aussage von Sophie Menzel war zu entnehmen, dass sie genau zu dieser Zeit ein Telefonat belauschte. Ein Telefonat, das Friedrich Dossberg mit Peter Heilandt führte. Peter Heilandt heißt in Wirklichkeit Michael Peier. Er ist der Mörder von Friedrich Dossberg."

Der so Enttarnte stiert ins Feuer und reibt sich die schweißnassen Hände. Sein Blick ist unstet, seine Atmung flach.

„Und dies war sein Plan: Dem ersten Fax, das Eva Dossberg von der Detektei *Dricker & Klein* erhielt und das sich in Frau Dossbergs privatem Zimmer einsehen ließ, war zu entnehmen, dass der *Club Rouge* zwei Personen gehört, von denen einer Peier heißt. Im Klub kam es zum ersten Kontakt zwischen Mörder und Opfer. Michael Peier erkannte den Kritiker, der sowohl das Leben seiner Geliebten als auch sein eigenes ruiniert hatte. Sofort sann er auf Rache. Um an

Dossberg heranzukommen, setzte er ihn unter Druck. Er erpresste ihn mit seinem Wissen über Dossbergs Besuche im *Club Rouge*. Dennoch war Dossberg nicht im Mindesten bewusst, welche Gefahr von seinem Erpresser wirklich ausging. Schließlich kannte er Michael Peier nur dem Namen nach. Und da dieser sich ihm gegenüber nur Peter Heilandt nannte, glaubte Dossberg an die Geschichte von der Erpressung, die einem gescheiterten Künstler neue Karrierechancen eröffnen sollte. Von Anfang an aber lebte Peier auf den 23. September hin, den runden Geburtstag des ehemaligen Kritikers, an dem die Rache vollzogen werden sollte. Peier erschien früher in der Villa, was er damit entschuldigte, dass er mit Donatella Verucini ins Gespräch kommen wolle. Es musste ihn selbst überrascht haben, dass die Malerin tatsächlich bereits zugegen war. Aber er hatte Glück. Die Malerin war unpässlich. So konnte er seinem Plan folgen. Im Salon hatte er die Möglichkeit, die Tür zu Friedrich Dossbergs Arbeitszimmer im Auge zu behalten. Ein Blick durch das Schlüsselloch genügte dafür. Als die Gelegenheit günstig war, streifte er Handschuhe über, schlich zu Dossberg und gab ihm das Aquarell, von dem er zuvor natürlich den Teil mit dem Namen von Sonja Tarmann abgetrennt hatte, um keine Spuren zu hinterlassen. Vielleicht raunte Peier seinem Opfer den Namen Tarmann auch noch zu, damit Dossberg begriff, wofür er sterben sollte. Dann trafen ihn die tödlichen Schüsse. Niemand hörte etwas, da Peier einen Schalldämpfer und Spezialmunition verwendete. Nun, zumindest konnte Herr Jacobi die Geräusche, die er im Halbschlaf zu hören glaubte, nicht als Schüsse identifizieren. Peier öffnete das Fenster und warf die Pistole in den See. Da die Vorhänge jedoch zugezogen waren, griff er nur durch den Schlitz zwischen beiden Vorhanghälften und zog das Fenster auf. Dabei warf er die Vase, die er nicht sehen konnte, vom Fensterbrett. Es blieb aber keine Zeit, um die Spuren zu verwischen. Deshalb schlich Peier wieder in den Salon zurück. Da Wilhelm Bagunde in der Auffahrt stand, konnte er die Villa nicht ungesehen verlassen. Und wenn er sich verabschiedet hätte, wäre der Verdacht sofort auf ihn gefallen. Also blieb er im Salon und hörte Musik über Kopfhörer, um eine Ausrede zu haben, falls man fragen sollte, ob er etwas aus dem Arbeitszimmer gehört hätte. Die Handschuhe warf er ins Kaminfeuer. Wenig später gellte der Schrei der Haushälterin durch die Halle."

„Dossberg war schuld an Sonjas Tod. Sie haben es selbst gesagt." Peiers Stimme ist leise aber in der atemlosen Stille des Salons deutlich vernehmbar. „Er hatte es verdient zu sterben. Ich habe ihm sogar einen Gefallen damit getan. Sehen Sie sich doch seinen Brief an. Er hat sich selbst und sein Leben verabscheut." Damit wendet er sich uns allen zu. „Und nun entscheiden Sie, wen Sie verdammen wollen. Den Profilneurotiker, der sich gedankenlos und arrogant über seine Mitmenschen erhebt und das Leid, das er seinem Umfeld zufügt, sogar in Kauf nimmt, solange er nur ein angenehmes Leben führen kann? Oder den Liebenden, den der Schmerz des Verlustes blind gemacht hat, der sich gegen die Ungerechtigkeit des Schicksals aufzulehnen versucht und dabei zum letzten ihm verbliebenen Mittel gegriffen hat? Für mich konnte es keinen anderen Weg geben. Wie hätte ich sonst je wieder in einen Spiegel sehen können? Friedrich Dossberg hat zu seiner letzten Feier das bekommen, was er verdient hat: Kugeln statt Blumen!"

DIE AUFLÖSUNG DER FRAGEN ZUM FALL

TEIL 1 – DER MORD AN FRIEDRICH DOSSBERG

1a Wer erschoss Friedrich Dossberg?
    Michael Peier alias Peter Heilandt.

1b Warum wurde er getötet?
    Aus Rache für den Selbstmord von Sonja Tarmann.

1c Wo befindet sich die Tatwaffe?
    Im See im Garten.

Um den Mord an Friedrich Dossberg aufzuklären, werden neben den Hinweisen, die die Kapiteltexte liefern, außerdem die Hinweise aus den Räumen **OG – Zimmer von Eva Dossberg, UG – Keller und Lager und OG – Galerie** *sowie Ihr kriminalistisches Gespür benötigt.*

TEIL 2 – DER HOTELBRAND IN FRANKREICH

2a Wer war verantwortlich für den Hotelbrand in Frankreich?
    Jasmin von Hohengarten.

2b Warum kam es zu der Brandstiftung?
    Aus Rache für die Beendigung ihrer Affäre mit Friedrich Dossberg.

2c Welches Alibi verschaffte sich der Täter / die Täterin?
    Sie täuschte einen Aufenthalt in La Coruña vor.

Um den Hotelbrand in Frankreich aufzuklären, werden neben den Hinweisen, die die Kapiteltexte liefern, außerdem die Hinweise aus dem Raum **OG – Zimmer von Friedrich Dossberg** *sowie Ihr kriminalistisches Gespür benötigt.*

TEIL 3 – DIE DREI KOHLEZEICHNUNGEN

3a Was war das Besondere an den Kohlezeichnungen auf Friedrich Dossbergs Schreibtisch?
Es waren Fälschungen.

3b Wer war dafür verantwortlich?
Donatella Verucini.

3c Wo befinden sich die drei von Moritz Lustig gezeichneten Bilder jetzt?
Im Gehstock von Donatella Verucini im Gästezimmer.

*Um das Rätsel um die drei Kohlezeichnungen aufzuklären, werden neben den Hinweisen, die die Kapiteltexte liefern, außerdem die Hinweise aus den Räumen **UG – Garage, OG – Gästezimmer und OG – Galerie** sowie Ihr kriminalistisches Gespür benötigt.*

DIE AUSWERTUNG DER PUNKTE

Jetzt kommen wir zum letzten Teil der Auswertung, der Ermittlung Ihres persönlichen Ergebnisses.

Überprüfen Sie Ihre Antworten und bestimmen Sie die erreichte Antwort-Punktzahl: Für jede richtig beantwortete Frage erhalten Sie zehn Antwort-Punkte.

Nun errechnen Sie die Zahl Ihrer Recherche-Punkte für alle genutzten Hinweise. Jede gelesene Textpassage (Spurensicherung, Verhöre) zählt als ein Recherche-Punkt. Hinzu kommen für jeden genutzten Fingerzeig zwei Recherche-Punkte.

Dezimieren Sie die Antwort-Punkte um die Zahl der Recherche-Punkte und Sie erhalten als Gesamtergebnis Ihre persönliche Ermittler-Punktzahl. Nun können Sie nachlesen, wie clever Sie ermittelt haben.

70 und mehr: Nicht einmal dem Autor ist es gelungen, alle Fäden der hier behandelten Verbrechen so mühelos auseinanderzuhalten, wie es Ihnen vergönnt gewesen ist. Sie sollten sich Gedanken über eine Laufbahn bei der Mordkommission machen. Oder aber Sie schlagen sich auf die Seite des Verbrechens, denn so gekonnt wie Sie kann nur eine Minderheit der Bevölkerung schummeln.

51 – 69: Allen falschen Fährten zum Trotz gelingt es Ihnen, den Überblick zu behalten. Eine effiziente Vorgehensweise, gepaart mit dem Blick fürs Wesentliche, macht aus Ihnen einen echten Kriminalermittler.

26 – 50: Obwohl Sie von Zeit zu Zeit den Überblick verlieren, ist Ihnen kriminalistisches Gespür nicht fern. Die vielen kleinen Details bereiten Ihnen allerdings arges Kopfzerbrechen. Für Ermittler wie Sie schreibt der Autor am liebsten, denn Sie fallen auf die liebevoll ausgearbeiteten falschen Fährten herein.

1 – 25: Der rechte Spürsinn fehlt Ihnen vielleicht, aber mit ein bisschen Hilfe sind Sie doch in der Lage, zur Lösung verzwickter Probleme zu gelangen. Grämen Sie sich nicht. In jedem guten Krimi taucht der vertrottelte Freund des Superdetektivs auf, der zur richtigen Zeit die richtigen Fragen stellt.

0 und weniger: Sie halten nicht viel davon, selber Ermittlungen anzustellen. Lieber lehnen Sie sich zurück und lassen sich gefangen nehmen von den sich entwickelnden Ereignissen. Das ist keine Schande, sondern Ausdruck echten Krimigenusses.

PS: Haben Sie den Fall gelöst? Sie können das Buch nun gern Seite für Seite von vorn bis hinten lesen. Sie werden viele Hinweise, Indizien und witzige Situationen entdecken, die Ihnen bei Ihren bisherigen Recherchen verborgen geblieben sind. Viel Spaß.